CANNE

GRAZIA DELEDDA nacque ~~~~~~~
un ricco possidente terriero ~~~~~~~~~~~~~~~~ ~~03.
Nel 1887 inviò a Roma alcuı ~~~~~~~~~ ~ cominciò a collaborare con alcune riviste, facendo poi pubblicare anche i suoi primi romanzi. Nel 1896 Luigi Capuana scrisse la prefazione al romanzo *La via del male* e lo recensì in maniera molto favorevole, incoraggiando così la diffusione nazionale delle opere letterarie della Deledda. Nel 1900 Grazia Deledda sposò Palmiro Madesani, allora funzionario del Ministero delle finanze, e riuscì a coronare il suo sogno di trasferirsi a Roma, nell'amato *Continente*; dopo il matrimonio, il marito decise di lasciare il suo posto di dipendente statale per diventare l'agente letterario della moglie e le idee progressiste della coppia fecero storcere il naso ai più conservatori, tra cui Luigi Pirandello. Nel 1904 la scrittrice scrisse l'opera che la fece diventare famosa: *Cenere*, a cui seguirono altre opere teatrali e romanzi che ebbero una certa risonanza internazionale, come *Canne al vento*, che, nel 1913, le valse la prima candidatura al Premio Nobel per la letteratura. Opposta invece fu la reazione degli intellettuali sardi, che si sentirono traditi e manipolati, così come i concittadini di Nuoro, che furono da subito dell'opinione che le sue opere letterarie descrivessero una Sardegna troppo rude, rustica e arretrata. Nel 1909 la Deledda fu la prima donna italiana candidata alle elezioni della XXIII legislatura del Regno d'Italia per il Partito Radicale Italiano, in un paese in cui le donne non avevano ancora diritto di voto; la sua candidatura venne presto interpretata come una

provocazione a sostegno del suffragio universale. Grazia Deledda continuò la pubblicazione costante di opere teatrali e romanzi fino a meritare nel 1926 il Premio Nobel per la letteratura. Morì nel 1936.

SILVIA LICCIARDELLO MILLEPIED lavora nell'editoria dal 2012 e ha pubblicato e curato centinaia di opere letterarie. Tra le sue ultime traduzioni troviamo *In una pensione tedesca* di Katherine Mansfield; diverse opere di Alexandre Dumas tra cui *La marchesa di Brinvilliers: l'avvelenatrice (1676)*; *La lettera scarlatta* di Nathaniel Hawthorne e molti altri. Maggiori informazioni su silvialicciardello.com.

GRAZIA DELEDDA

Canne al vento

A cura di S. LICCIARDELLO

Res stupenda in libris invenitur.

IL CAVALIERE DELLE ROSE

ISBN: 979-10-378-0084-8

www.immortalistore.com

Edizione di riferimento: G. Deledda, *Canne al vento*, Milano, Fratelli Treves, 1913.

Prima edizione nel «Cavaliere delle rose» maggio 2024

INDICE

CANNE AL VENTO

CAPITOLO I

Tutto il giorno Efix, il servo delle dame Pintor, aveva lavorato a rinforzare l'argine primitivo da lui stesso costruito un po' per volta a furia d'anni e di fatica, giù in fondo al poderetto lungo il fiume: e al cader della sera contemplava la sua opera dall'alto, seduto davanti alla capanna sotto il ciglione glauco di canne a mezza costa sulla bianca collina dei *Colombi*.

Eccolo tutto ai suoi piedi, silenzioso e qua e là scintillante d'acque nel crepuscolo, il poderetto che Efix considerava più suo che delle sue padrone: trent'anni di possesso e di lavoro lo han fatto ben suo, e le siepi di fichi d'India che lo chiudono dall'alto in basso come due muri grigi serpeggianti di scaglione in scaglione dalla collina al fiume, gli sembrano i confini del mondo.

Il servo non guardava al di là del poderetto anche perché i terreni da una parte e dall'altra erano un tempo appartenuti alle sue padrone: perché ricordare il passato? Rimpianto inutile. Meglio pensare all'avvenire e sperare nell'ajuto di Dio.

E Dio prometteva una buona annata, o per lo meno faceva ricoprir di fiori tutti i mandorli e i peschi della valle; e questa, fra due file di colline bianche, con lontananze cerule di monti ad occidente e di mare ad oriente, coperta di vegetazione primaverile, d'acque, di macchie, di fiori, dava l'idea di una culla gonfia di veli verdi, di nastri azzurri, col mormorio del fiume monotono come quello di un bambino che s'addormentava.

Ma le giornate eran già troppo calde ed Efix pensava anche

alle piogge torrenziali che gonfiano il fiume senz'argini e lo fanno balzare come un mostro e distruggere ogni cosa: sperare, sì, ma non fidarsi anche; star vigili come le canne sopra il ciglione che ad ogni soffio di vento si battono l'una contro l'altra le foglie come per avvertirsi del pericolo.

Per questo aveva lavorato tutto il giorno e adesso, in attesa della notte, mentre per non perder tempo intesseva una stuoia di giunchi, pregava perché Dio rendesse valido il suo lavoro. Che cosa è un piccolo argine se Dio non lo rende, col suo volere, formidabile come una montagna?

Sette giunchi attraverso un vimine, dunque, e sette preghiere al Signore ed a Nostra Signora del Rimedio, benedetta ella sia, ecco laggiù nell'estremo azzurro del crepuscolo la chiesetta e il recinto di capanne quieto come un villaggio preistorico abbandonato da secoli. A quell'ora, mentre la luna sbocciava come una grande rosa fra i cespugli della collina e le euforbie odoravano lungo il fiume, anche le padrone di Efix pregavano: donna Ester la più vecchia, benedetta ella sia, si ricordava certo di lui peccatore: bastava questo perché egli si sentisse contento, compensato delle sue fatiche.

Un passo in lontananza gli fece sollevar gli occhi. Gli sembrò di riconoscerlo; era un passo rapido e lieve di fanciullo, passo d'angelo che corre ad annunziare le cose liete e le tristi. Sia fatto il volere di Dio: è lui che manda le buone e le cattive notizie; ma il cuore cominciò a tremargli, ed anche le dita nere screpolate tremarono coi giunchi argentei lucenti alla luna come fili d'acqua.

Il passo non s'udiva più: Efix tuttavia rimase ancora là, immobile ad aspettare.

La luna saliva davanti a lui, e le voci della sera avvertivano l'uomo che la sua giornata era finita. Era il grido cadenzato del cuculo, il zirlio dei grilli precoci, qualche gemito d'uccello; era il sospiro delle canne e la voce sempre più chiara del fiume: ma era soprattutto un soffio, un ansito misterioso che pareva uscire dalla terra stessa; sì, la giornata dell'uomo lavoratore era finita, ma cominciava la vita fantastica dei folletti, delle fate, degli spiriti erranti. I fantasmi degli antichi Baroni scendevano dalle rovine del castello sopra il paese di Galte, su, all'orizzonte a sinistra di Efix, e percorrevano le sponde del fiume alla caccia dei cinghiali e delle volpi: le loro armi scintillavano in mezzo ai bassi ontani della riva, e l'abbaiar fioco dei cani in lontananza indicava il loro passaggio.

Efix sentiva il rumore che le *panas* (donne morte di parto) facevano nel lavar i loro panni giù al fiume, battendoli con uno stinco di morto e credeva di intraveder l'*ammattadore*, folletto con sette berretti entro i quali conserva un tesoro, balzar di qua e di là sotto il bosco di mandorli, inseguito dai vampiri con la coda di acciaio.

Era il suo passaggio che destava lo scintillio dei rami e delle pietre sotto la luna: e agli spiriti maligni si univano quelli dei bambini non battezzati, spiriti bianchi che volavano per aria tramutandosi nelle nuvolette argentee dietro la luna: e i nani e le *janas*, piccole fate che durante la giornata stanno nelle loro case di roccia a tesser stoffe d'oro in telai d'oro, ballavano all'ombra delle grandi macchie di filirèa, mentre i giganti s'affacciavano fra le rocce dei monti battuti dalla luna, tenendo per la briglia gli enormi cavalli verdi che essi soltanto sanno montare, spiando se laggiù fra le distese d'euforbia malefica si nascondeva qualche drago o se il leggendario serpente *cananèa*, vivente fin dai tempi di Cristo, strisciava sulle sabbie intorno alla palude.

Specialmente nelle notti di luna tutto questo popolo misterioso anima le colline e le valli: l'uomo non ha diritto a turbarlo con la sua presenza, come gli spiriti han rispettato lui durante il corso del sole; è dunque tempo di ritirarsi e chiuder gli occhi sotto la protezione degli angeli custodi.

Efix si fece il segno della croce e si alzò: ma aspettava ancora che qualcuno arrivasse. Tuttavia spinse l'asse che serviva da porticina e vi appoggiò contro una gran croce di canne che doveva impedire ai folletti e alle tentazioni di penetrare nella capanna.

Il chiarore della luna illuminava attraverso le fessure la stanza stretta e bassa agli angoli, ma abbastanza larga per lui che era piccolo e scarno come un adolescente. Dal tetto a cono, di canne e giunchi, che copriva i muri a secco e aveva un foro nel mezzo per l'uscita del fumo, pendevano grappoli di cipolle e mazzi d'erbe secche, croci di palma e rami d'ulivo benedetto, un cero dipinto, una falce contro i vampiri e un sacchetto di orzo contro le *panas*: ad ogni soffio tutto tremava e i fili dei ragni lucevano alla luna. Giù per terra la brocca riposava con le sue anse sui fianchi e la pentola capovolta le dormiva accanto.

Efix preparò la stuoia, ma non si coricò. Gli sembrava sempre di sentire il rumore dei passi infantili: qualcuno veniva di certo e infatti a un tratto i cani cominciarono ad abbaiare nei poderi vicini, e tutto il paesaggio che pochi momenti prima pareva si fosse addormentato fra il mormorio di preghiera delle voci notturne, fu pieno di echi e di fremiti quasi si svegliasse di soprassalto.

Efix riaprì Una figura nera saliva attraverso la china ove già le fave basse ondulavano argentee alla luna, ed egli, a cui durante la notte anche le figure umane parevan misteriose, si fece di nuovo il segno della croce. Ma una voce conosciuta lo chiamò: era la voce fresca ma un po' ansante di un ragazzo che abitava accanto alla casa delle dame Pintor.

– Zio Efisè, zio Efisè!

– Che è accaduto, Zuannantò? Stanno bene le mie dame?

– Stanno bene, sì, mi pare. Solo mi mandano per dirvi di tornare domani presto in paese, che hanno bisogno di parlarvi. Sarà forse per una lettera gialla che ho visto in mano a donna Noemi. Donna Noemi la leggeva e donna Ruth col fazzoletto bianco in testa come una monaca spazzava il cortile, ma stava ferma appoggiata alla scopa e ascoltava.

– Una lettera? Non sai di chi è?

– Io no; non so leggere. Ma la mia nonna dice che forse è di sennor Giacinto il nipote delle vostre padrone.

Sì, Efix lo sentiva; doveva esser così; tuttavia si grattava pensieroso la guancia, a testa china, e sperava e temeva d'ingannarsi.

Il ragazzo s'era seduto stanco sulla pietra davanti alla capanna e si slacciava gli scarponi domandando se non c'era nulla da mangiare.

– Ho corso come un cerbiatto: avevo paura dei folletti...

Efix sollevò il viso olivastro duro come una maschera di bronzo, e fissò il ragazzo coi piccoli occhi azzurrognoli infossati e circondati di rughe: e quegli occhi vivi lucenti esprimevano un'angoscia infantile.

– Ti han detto s'io devo tornare domani o stanotte?

– Domani, vi dico! Intanto che voi sarete in paese io starò qui a guardare il podere.

Il servo era abituato a obbedire alle sue padrone e non fece altre richieste: tirò una cipolla dal grappolo, un pezzo di pane dalla bisaccia e mentre il ragazzo mangiava ridendo e piangendo per l'odore dell'aspro companatico, ripresero a chiacchierare. I personaggi più importanti del paese attraversavano il loro discorso: prima veniva il Rettore, poi la sorella del Rettore, poi il Milese che aveva sposato una figlia di questa ed era diventato, da venditore ambulante di arance e di anfore, il più ricco mercante del villaggio. Seguiva don Predu, il sindaco, cugino delle padrone di Efix. Anche don Predu era ricco, ma non come il Milese. Poi veniva Kallina l'usuraia, ricca anche lei ma in modo misterioso.

– I ladri han tentato di rompere il suo muro. Inutile: è fatato. E lei rideva, stamattina, nel suo cortile, dicendo: anche se entrano trovano solo cenere e chiodi, povera come Cristo. Ma la mia nonna dice che zia Kallina ha un sacchettino pieno d'oro nascosto dentro il muro.

Ma ad Efix in fondo poco importavano queste storie. Coricato sulla stuoia, con una mano sotto l'ascella e l'altra sotto la guancia sentiva il cuore palpitare e il fruscio delle canne sopra il ciglione gli sembrava il sospiro d'uno spirito malefico.

La lettera gialla! Giallo, brutto colore. Chissà cosa doveva ancora accadere alle sue padrone. Da venti anni a questa parte quando qualche avvenimento rompeva la vita monotona di casa Pintor era invariabilmente una disgrazia.

Anche il ragazzo s'era coricato, ma non aveva voglia di dormire.

– Zio Efix, anche oggi la mia nonna raccontava che le vostre padrone erano ricche come don Predu. È vero o non è vero?

– È vero, – disse il servo sospirando. – Ma non è ora di ricordar queste cose. Dormi.

Il ragazzo sbadigliò.

– Ma mia nonna racconta che dopo morta donna Maria Cristina, la vostra beata padrona vecchia, passò come la scomunica, in casa vostra. È vero o non è vero?

– Dormi, ti dico, non è ora...

– E lasciatemi parlare! E perché è fuggita donna Lia, la vostra padrona piccola? La mia nonna dice che voi lo sapete: che l'avete aiutata a fuggire, donna Lia: l'avete accompagnata fino al ponte, dove si è nascosta finché è passato un carro sul quale ella è andata fino al mare. Là si è imbarcata. E don Zame, suo padre, il vostro padrone, la cercava, la cercava, finché è morto. È morto là, accanto al ponte. Chi l'ha ucciso? Mia nonna dice che voi lo sapete...

– Tua nonna è una strega! Lei e tu, tu e lei lasciate in pace i morti! – gridò Efix; ma la sua voce era roca, e il ragazzo rise con insolenza.

– Non arrabbiatevi, che vi fa male, zio Efix! Mia nonna dice che è stato il folletto, a uccidere don Zame. È vero o non è vero?

Efix non rispose: chiuse gli occhi, si mise la mano sull'orecchio, ma la voce del ragazzo ronzava nel buio e gli sembrava la voce stessa degli spiriti del passato.

Ed ecco a poco a poco tutti vengono attorno, penetrano per le fessure come i raggi della luna: è donna Maria Cristina, bella e calma come una santa, è don Zame, rosso e violento come il diavolo: sono le quattro figlie che nel viso pallido hanno la serenità della madre e in fondo agli occhi la fiamma del padre: sono i servi, le serve, i parenti, gli amici, tutta la gente che invade la casa ricca dei discendenti dei Baroni della contrada. Ma passa il vento della disgrazia e la gente si disperde, come le nuvolette in cielo attorno alla luna quando soffia la tramontana.

Donna Cristina è morta; il viso pallido delle figlie perde un poco della sua serenità e la fiamma in fondo agli occhi cresce: cresce a misura che don Zame, dopo la morte della moglie, prende sempre più l'aspetto prepotente dei baroni suoi antenati, e come questi tiene chiuse dentro casa come schiave le quattro ragazze in attesa di mariti degni di loro. E come schiave esse dovevano lavorare, fare il pane, tessere, cucire, cucinare, saper custodire la loro roba: e soprattutto, non dovevano sollevar gli occhi davanti agli uomini, né permettersi di pensare ad uno che non fosse destinato per loro sposo. Ma gli anni passavano e lo sposo non veniva. E più le figlie invecchiavano più don Zame pretendeva da loro una costante severità di costumi. Guai se le vedeva affacciate alle finestre verso il vicolo dietro la casa, o se uscivano senza suo permesso. Le schiaffeggiava coprendole d'imperî, e minacciava di morte i giovani che passavano due volte di seguito nel vicolo.

Egli intanto passava le giornate a girovagare per il paese, o seduto sulla panca di pietra davanti alla bottega della sorella del Rettore. Le persone scantonavano nel vederlo, tanto avevan paura della sua lingua. Egli litigava con tutti, ed era talmente invidioso del bene altrui, che quando passava in un bel podere diceva «le liti ti divorino». Ma le liti finivano col divorare le sue terre, e una disgrazia inaudita lo colpì a un tratto come un castigo di Dio per la sua superbia e i suoi pregiudizi. Donna Lia, la terza delle sue figlie, sparì una notte dalla casa paterna e per lungo tempo non si seppe più nulla di lei. Un'ombra di morte gravò sulla casa: mai nel paese era accaduto uno scandalo eguale; mai una fanciulla nobile e beneducata come Lia era fuggita così. Don Zame parve impazzire; corse di qua e di là; per tutto il circondario e lungo la Costa in cerca di Lia; ma nessuno seppe dargliene notizie. Finalmente ella scrisse alle sorelle, dicendo di trovarsi in un luogo sicuro e d'esser contenta d'aver rotto la sua catena. Le sorelle però non perdonarono, non risposero. Don Zame era divenuto più tiranno con loro. Vendeva i rimasugli del suo patrimonio, maltrattava il servo, annoiava mezzo mondo con le sue querele, viaggiava sempre con la speranza di rintracciare sua figlia e ricondurla a casa. L'ombra del disonore che gravava su lui e su l'intera famiglia, per la fuga di Lia, gli pesava come una cappa da condannato. Una mattina fu trovato morto nello stradone, sul ponte dopo il paese. Doveva esser morto di sincope, perché non presentava traccia alcuna di violenza: solo una piccola macchia verde al collo, sotto la nuca.

La gente disse che forse don Zame aveva litigato con qualcuno e che era stato ammazzato a colpi di bastone: ma col tempo questa voce tacque e predominò la certezza che egli fosse morto di crepacuore per la fuga di sua figlia.

Lia intanto, mentre le sorelle disonorate dalla fuga di lei non trovavano marito, scrisse annunziando il suo matrimonio. Lo sposo era un negoziante di bestiame ch'ella aveva incontrato per caso durante il suo viaggio di fuga: vivevano a Civitavecchia, in discreta agiatezza, dovevano presto avere un figlio.

Le sorelle non le perdonarono questo nuovo errore: il matrimonio con un uomo plebeo incontrato in così tristo modo: e non risposero.

Qualche tempo dopo Lia scrisse ancora annunziando la nascita di Giacinto. Esse mandarono un regalo al nipotino, ma non scrissero alla madre.

E gli anni passarono. Giacinto crebbe, e ogni anno per Pasqua e per Natale scriveva alle zie e le zie gli mandavano un regalo: una volta scrisse che studiava, un'altra volta che voleva entrare in Marina, un'altra ancora che aveva trovato un impiego; poi annunziò la morte di suo padre, poi la morte di sua madre; infine espresse il desiderio di visitarle e di stabilirsi con loro se al paese trovava da lavorare. Il suo piccolo impiego nell'Ufficio della Dogana non gli piaceva; era umile e penoso, gli sciupava la giovinezza. E lui amava la vita laboriosa, sì, ma semplice, all'aperto. Tutti gli consigliavano di recarsi nell'isola di sua madre, per tentar la fortuna con un onesto lavoro.

Le zie cominciarono a discutere; e più discutevano meno si trovavano d'accordo.

– Lavorare? – diceva donna Ruth, la più calma. Se il paesetto non dava risorse neppure a quelli che c'eran nati?

Donna Ester, invece, favoriva i progetti del nipote, mentre donna Noemi, la più giovane, sorrideva fredda e beffarda.

– Egli forse crede di venir qui a fare il signore. Venga, venga! Andrà a pescare al fiume...

– Egli stesso dice che vuol lavorare, Noemi, sorella mia! Lavorerà dunque: farà il negoziante come suo padre.

– Doveva farlo prima, allora. I nostri parenti non hanno mai comprato buoi.

– Altri tempi, Noemi, sorella mia! Del resto i signori sono appunto i mercanti, adesso. Vedi il Milese? Egli dice: il Barone di Galte adesso sono io.

Noemi rideva, con uno sguardo cattivo negli occhi profondi, e il suo riso scoraggiava donna Ester più che tutti gli argomenti dell'altra sorella.

Tutti i giorni era la stessa storia: il nome di Giacinto risuonava per tutta la casa, e anche quando le tre sorelle tacevano egli era in mezzo a loro, come del resto lo era sempre fin dal giorno della sua nascita, e la sua figura ignota riempiva di vita la casa in rovina.

Efix non ricordava di aver mai preso parte diretta alle discussioni delle sue padrone: non osava, anzitutto perché esse non lo interpellavano, poi per non aver scrupoli di coscienza: ma desiderava che il ragazzo venisse.

Egli lo amava, lo aveva sempre amato come una persona di famiglia.

Dopo la morte di don Zame, egli era rimasto con le tre dame per aiutarle a sbrigare i loro affari imbrogliati. I parenti non si curavano di loro, anzi le disprezzavano e le sfuggivano; esse non erano capaci che delle faccende domestiche e neppure conoscevano il poderetto, ultimo avanzo del loro patrimonio.

– Starò ancora un anno al loro servizio, – aveva detto Efix, mosso a pietà del loro abbandono. Ed era rimasto venti anni.

Le tre donne vivevano della rendita del podere coltivato da lui. Nelle annate scarse donna Ester diceva al servo, giunto il momento di pagarlo (trenta scudi all'anno e un paio di scarponi):

– Abbi pazienza, per l'amor di Cristo: il tuo non ti mancherà.

E lui aveva pazienza, e il suo credito aumentava di anno in anno, tanto che donna Ester, un po' scherzando, un po' sul serio gli prometteva di lasciarlo erede del podere e della casa, sebbene egli fosse più vecchio di loro.

Vecchio, oramai, e debole; ma era sempre un uomo, e bastava la sua ombra per proteggere ancora le tre donne.

Adesso era lui che sognava per loro la buona fortuna: almeno che Noemi trovasse marito! Se la lettera gialla, dopo tutto, portasse una buona notizia? Se annunziava una eredità? Se fosse appunto una domanda di matrimonio per Noemi? Le dame Pintor avevano ancora ricchi parenti a Sassari e a Nuoro: perché uno di loro non poteva sposar Noemi? Lo stesso don Predu poteva aver scritto la lettera gialla...

Ed ecco nella fantasia stanca del servo le cose a un tratto cambiano aspetto come dalla notte al giorno; tutto è luce, dolcezza: le sue nobili padrone ringiovaniscono, si risollevano a volo come aquile che han rimesso le penne; la loro casa risorge dalle sue rovine e tutto intorno rifiorisce come la valle a primavera.

E a lui, al povero servo, non rimane che ritirarsi per il resto della vita nel poderetto, spiegar la sua stuoia e riposarsi con Dio, mentre nel silenzio della notte le canne sussurrano la preghiera della terra che s'addormenta.

CAPITOLO II

All'alba partì lasciando il ragazzo a guardare il podere. Lo stradone, fino al paese era in salita ed egli camminava piano perché l'anno passato aveva avuto le febbri di malaria e conservava una gran debolezza alle gambe: ogni tanto si fermava volgendosi a guardare il poderetto tutto verde fra le due muraglie di fichi d'India; e la capanna lassù nera fra il glauco delle canne e il bianco della roccia gli pareva un nido, un vero nido. Ogni volta che se ne allontanava lo guardava così, tenero e melanconico, appunto come un uccello che emigra: sentiva di lasciar lassù la parte migliore di sé stesso, la forza che dà la solitudine, il distacco dal mondo; e andando su per lo stradone attraverso la brughiera, i giuncheti, i bassi ontani lungo il fiume, gli sembrava di essere un pellegrino, con la piccola bisaccia di lana sulle spalle e un bastone di sambuco in mano, diretto verso un luogo di penitenza: il mondo.

Ma sia fatta la volontà di Dio e andiamo avanti. Ecco a un tratto la valle aprirsi e sulla cima a picco d'una collina simile a un enorme cumulo di ruderi, apparire le rovine del Castello: da una muraglia nera una finestra azzurra vuota come l'occhio stesso del passato guarda il panorama melanconico roseo di sole nascente, la pianura ondulata con le macchie grigie delle sabbie e le macchie giallognole dei giuncheti, la vena verdastra del fiume, i paesetti bianchi col campanile in mezzo come il pistillo nel fiore, i monticoli sopra i paesetti e in fondo la nuvola color malva e oro delle montagne Nuoresi.

Efix cammina, piccolo e nero fra tanta grandiosità luminosa. Il sole obliquo fa scintillare tutta la pianura; ogni giunco ha un filo d'argento, da ogni cespuglio di euforbia sale un grido d'uccello; ed ecco il cono verde e bianco del monte di Galte solcato da ombre e da strisce di sole, e ai suoi piedi il paese che pare composto dei soli ruderi dell'antica città romana.

Lunghe muriccie in rovina, casupole senza tetto, muri sgretolati, avanzi di cortili e di recinti, catapecchie intatte più melanconiche degli stessi ruderi fiancheggiano le strade in pendìo selciate al centro di grossi macigni; pietre vulcaniche sparse qua e là dappertutto danno l'idea che un cataclisma abbia distrutto l'antica città e disperso gli abitanti; qualche casa nuova sorge timida fra tanta desolazione, e piante di melograni e di carrubi, gruppi di fichi d'India e palmizi danno una nota di poesia alla tristezza del luogo.

Ma a misura che Efix saliva questa tristezza aumentava, e a incoronarla si stendevano sul ciglione, all'ombra del Monte, fra siepi di rovi e di euforbie, gli avanzi di un antico cimitero e la Basilica pisana in rovina. Le strade erano deserte e le rocce a picco del Monte apparivano adesso come torri di marmo.

Efix si fermò davanti a un portone attiguo a quello dell'antico cimitero. Erano quasi eguali, i due portoni, preceduti da tre gradini rotti invasi d'erba; ma mentre il portone dell'antico cimitero era sormontato appena da un'asse corrosa, quello delle tre dame aveva un arco in muratura e sull'architrave si notava l'avanzo di uno stemma: una testa di guerriero con l'elmo e un braccio armato di spada; il motto era: *quis resistit hujas?*

Efix attraversò il vasto cortile quadrato, lastricato al centro, come le strade, da una specie di solco in macigni per lo scolo delle acque piovane, e si tolse la bisaccia dalle spalle guardando se qualcuna delle sue padrone s'affacciava. La casa,

a un sol piano oltre il terreno, sorgeva in fondo al cortile, subito dominata dal Monte che pareva incomberle sopra come
un enorme cappuccio bianco e verde.

Tre porticine s'aprivano sotto un balcone di legno a veran-
da che fasciava tutto il piano superiore della casa, al quale si
saliva per una scala esterna in cattivo stato. Una corda nerastra, annodata e fermata a dei piuoli piantati agli angoli degli
scalini, sostituiva la ringhiera scomparsa. Le porte, i sostegni
e la balaustrata del balcone erano in legno finemente scolpito:
tutto però cadeva, e il legno corroso, diventato nero, pareva
al minimo urto sciogliersi in polvere come sgretolato da un
invisibile trivello.

Qua e là però, nella balaustrata del balcone, oltre le co-
lonnine svelte ancora intatte, si osservavano avanzi di cornice
su cui correva una decorazione di foglie, di fiori e di frutta
in rilievo, ed Efix ricordava che fin da bambino quel balcone
gli aveva destato un rispetto religioso, come il pulpito e la
balaustrata che circondava l'altare della Basilica.

Una donna bassa e grossa, vestita di nero e con un fazzoletto bianco intorno al viso duro nerastro, apparve sul balcone; si curvò, vide il servo, e i suoi occhi scuri a mandorla
scintillarono di gioia.

– Donna Ruth, buon giorno, padrona mia!

Donna Ruth scese svelta, lasciando vedere le grosse gambe
coperte di calze turchine: gli sorrideva, mostrando i denti
intatti sotto il labbro scuro di peluria.

– E donna Ester? E donna Noemi?

– Ester è andata a messa, Noemi s'alza adesso. Bel tempo,
Efix! Come va laggiù?

– Bene, bene, grazie a Dio, tutto bene.

Anche la cucina era medioevale: vasta, bassa, col soffitto a
travi incrociate nere di fuliggine; un sedile di legno lavorato

poggiava lungo la parete al di qua e al di là del grande camino; attraverso l'inferriata della finestra verdeggiava lo sfondo della montagna. Sulle pareti nude rossicce si notavano ancora i segni delle casseruole di rame scomparse; e i piuoli levigati e lucidi ai quali un tempo venivano appese le selle, le bisacce, le armi, parevano messi lì per ricordo.

– Ebbene, donna Ruth?... – interrogò Efix, mentre la donna metteva una piccola caffettiera di rame sul fuoco. Ma ella volse il gran viso nero incorniciato di bianco e ammiccò accennandogli di pazientare.

– Vammi a prendere un po' d'acqua, intanto che scende Noemi...

Efix prese il secchio di sotto al sedile; s'avviò, ma sulla porta si volse timido, guardando il secchio che dondolava.

– La lettera è di don Giacintino?

– Lettera? È un telegramma...

– Gesù grande! Non gli è accaduto nulla di male?

– Nulla, nulla! Va...

Era inutile insistere, prima che scendesse donna Noemi; donna Ruth, sebbene fosse la più vecchia delle tre sorelle e tenesse le chiavi di casa (del resto non c'era più nulla da custodire) non prendeva mai nessuna iniziativa e nessuna responsabilità.

Egli andò al pozzo che pareva un *nuraghe* scavato in un angolo del cortile e protetto da un recinto di macigni sui quali, entro vecchie brocche rotte, fiorivano piante di violacciocche e cespugli di gelsomini: uno di questi si arrampicava sul muro e vi si affacciava come per guardare cosa c'era di là, nel mondo.

Quanti ricordi destava nel cuore del servo quest'angolo di cortile, triste di musco, allegro dell'oro brunito delle violacciocche e del tenero verde dei gelsomini!

Gli sembrava di veder ancora donna Lia, pallida e sottile come un giunco, affacciata al balcone, con gli occhi fissi in lontananza a spiare anch'essa cosa c'era di là, nel mondo. Così egli l'aveva veduta il giorno della fuga, immobile lassù, simile al pilota che esplora con lo sguardo il mistero del mare...

Come pesano questi ricordi! Pesano come il secchio pieno d'acqua che tira giù, giù nel pozzo.

Ma sollevando gli occhi Efix vide che non era Lia la donna alta che si affacciava agile al balcone agganciandosi i polsi della giacca nera a falde.

– Donna Noemi, buon giorno, padrona mia! Non scende?

Ella si chinò alquanto, coi folti capelli neri dorati splendenti intorno al viso pallido come due bande di raso: rispose al saluto con gli occhi anch'essi neri dorati sotto le lunghe ciglia, ma non parlò e non scese.

Spalancò porte e finestre – tanto non c'era pericolo che la corrente sbattesse e rompesse i vetri (mancavano da tanti anni!) e portò fuori stendendola bene al sole una coperta gialla.

– Non scende, donna Noemi? – ripeté Efix a testa in su sotto il balcone.

– Adesso, adesso.

Ma ella stendeva bene la coperta e pareva s'indugiasse a contemplare il panorama a destra, il panorama a sinistra, tutti e due d'una bellezza melanconica, con la pianura sabbiosa solcata dal fiume, da file di pioppi, di ontani bassi, da distese di giunchi e d'euforbie, con la basilica nerastra di rovi, l'antico cimitero coperto d'erba in mezzo al cui verde biancheggiavano come margherite le ossa dei morti; e in fondo la collina con le rovine del Castello.

Nuvole d'oro incoronavano la collina e i ruderi, e la dolcezza e il silenzio del mattino davano a tutto il paesaggio una serenità di cimitero. Il passato regnava ancora sul luogo; le ossa stesse dei morti sembravano i suoi fiori, le nuvole il suo diadema.

Noemi non s'impressionava per questo; fin da bambina era abituata a veder le ossa che in inverno pareva si scaldassero al sole e in primavera scintillavano di rugiada. Nessuno pensava a toglierle di lì: perché avrebbe dovuto pensarci lei? Donna Ester, invece, mentre risale a passo lento e calmo la strada su dalla chiesa nuova del villaggio (quando è in casa ha sempre fretta, ma fuori fa le cose con calma perché una donna nobile dev'essere ferma e tranquilla) giunta davanti all'antico cimitero si fa il segno della croce e prega per le anime dei morti...

Donna Ester non dimentica mai nulla e non trascura di osservar nulla: così, appena nel cortile, s'accorge che qualcuno ha attinto acqua al pozzo e rimette a posto la secchia; toglie una pietruzza da un vaso di violacciocche, ed entrata in cucina saluta Efix domandandogli se gli han già dato il caffè.

– Dato, dato, donna Ester, padrona mia!

Intanto donna Noemi era scesa col telegramma in mano, ma non si decideva a leggerlo, quasi prendesse gusto ad esasperare l'ansia curiosa del servo.

– Ester, – disse, sedendosi sulla panca accanto al camino, – perché non ti levi lo scialle?

– C'è messa nella basilica, stamattina; esco ancora. Leggi.

Sedette anche lei sulla panca e donna Ruth la imitò; così sedute le tre sorelle si rassomigliavano in modo straordinario; solo che rappresentavano tre età differenti: donna Noemi ancora giovane, donna Ester anziana e donna Ruth già vecchia, ma d'una vecchiaia forte, nobile, serena. Gli occhi di donna Ester, un po' più chiari di quelli delle sorelle, d'un color nocciola dorato, scintillavano però infantili e maliziosi.

Il servo s'era messo davanti a loro, aspettando; ma donna Noemi dopo aver spiegato il foglio giallo lo guardava fisso quasi non riuscisse a decifrarne le parole, e infine lo scosse indispettita.

– Ebbene, dice che fra pochi giorni arriverà. È questo!

Sollevò gli occhi e arrossì guardando severa il viso di Efix: anche le altre due lo guardavano.

– Capisci? Così, senz'altro, quasi venga a casa sua!

– Che ne dici? – domandò donna Ester, mettendo un dito fuor dell'incrociatura dello scialle.

Efix aveva un viso beato: le fitte rughe intorno ai suoi occhi vivaci sembravano raggi, ed egli non cercava di nascondere la sua gioia.

– Sono un povero servo, ma dico che la provvidenza sa quello che fa!

– Signore, vi ringrazio! C'è almeno qualcuno che capisce la ragione, – disse donna Ester.

Ma Noemi era ridiventata pallida: parole di protesta le salivano alle labbra, e sebbene come sempre riuscisse a dominarsi davanti al servo al quale pareva non desse molta importanza, non poté fare a meno di ribattere:

– Qui non c'entra la provvidenza, e non si tratta di questo. Si tratta... – aggiunse dopo un momento di esitazione, – si tratta di rispondergli netto e chiaro che in casa nostra non c'è posto per lui!

Allora Efix aprì le mani e reclinò un poco la testa come per dire: e allora perché mi consultate? – ma donna Ester si mise a ridere e alzò sbattendo con impazienza le due ali nere del suo scialle.

– E dove vuoi che vada, allora? In casa del Rettore come i forestieri che non trovano alloggio?

– Io piuttosto non gli risponderei niente, – propose donna

Ruth, togliendo di mano a Noemi il telegramma che quella piegava e ripiegava nervosamente. – Se arriva, ben arrivato. Lo si potrebbe accogliere appunto come un forestiere. Ben venuto l'ospite! – aggiunse, come salutando qualcuno che entrasse dalla porta. – Va bene. E se si comporta male è sempre a tempo ad andarsene.

Ma donna Ester sorrideva, guardando la sorella che era la più timida e irresoluta delle tre; e curvandosi le batté una mano sulle ginocchia:

– A cacciarlo via, vuoi dire? Bella figura, sorella cara. E ne avrai il coraggio, tu, Ruth?

Efix pensava. D'improvviso alzò la testa e appoggiò una mano sul petto.

– Per questo ci penserei io! – promise con forza.

Allora i suoi occhi incontrarono quelli di Noemi, ed egli, che aveva sempre avuto paura di quegli occhi liquidi e freddi come un'acqua profonda, comprese come la padrona giovane prendeva sul serio la sua promessa.

Ma non si pentì di averla fatta. Ben altre responsabilità s'era assunte nella sua vita.

Egli restò in paese tutta la giornata.

Era inquieto per il podere – sebbene in quel tempo ci fosse poco da rubare – ma gli sembrava che un segreto dissidio turbasse le sue padrone, e non voleva ripartire se prima non le vedeva tutte d'accordo.

Donna Ester, dopo aver rimesso qualche oggetto in ordine, uscì di nuovo per andare nella basilica; Efix promise di raggiungerla, ma mentre donna Noemi risaliva al piano superiore, egli rientrò in cucina e sottovoce pregò donna Ruth, che si era inginocchiata per terra e gramolava un po' di pasta su una tavola bassa, di dargli il telegramma. Ella sollevò la testa e col pugno rivolto bianco di farina si tirò un po' indietro il fazzoletto.

– L'hai sentita? – disse sottovoce accennando a Noemi. – È sempre lei! L'orgoglio la regge...

– Ha ragione! – affermò Efix pensieroso. – Quando si è nobili si è nobili, donna Ruth. Trova lei una moneta sotterra? Le sembra di ferro perché è nera, ma se lei la pulisce vede che è oro... L'oro è sempre oro...

Donna Ruth capì che con Efix era inutile scusare l'orgoglio fuori posto di Noemi, e sempre pronta a seguire l'opinione altrui, se ne rallegrò.

– Ti ricordi com'era superbo mio padre? – disse ricacciando fra la pasta pallida le sue mani rosse venate di turchino. – Anche lui parlava così. Lui, certo, non avrebbe permesso a Giacintino neppure di sbarcare. Che ne dici, Efix?

– Io? Io sono un povero servo, ma dico che don Giacintino sarebbe sbarcato lo stesso.

– Figlio di sua madre, vuoi dire! – sospirò donna Ruth, e il servo sospirò anche lui. L'ombra del passato era sempre lì, intorno a loro.

Ma l'uomo fece un gesto appunto come per allontanare quest'ombra e seguendo con gli occhi il movimento delle mani rosse che tiravano, piegavano e battevano la pasta bianca, riprese con calma:

– Il ragazzo è bravo e la provvidenza lo aiuterà. Bisogna però stare attenti che non prenda le febbri. Poi bisognerà comprargli un cavallo, perché in continente non si usa andare a piedi. Ci penserò io. L'importante è che le loro signorie vadano d'accordo.

Ma ella disse subito con fierezza:

– E non siamo d'accordo? Ci hai forse sentito a questionare? Non vai a messa, Efix?

Egli capì che lo congedava e uscì nel cortile, ma guardò se si poteva parlare anche con donna Noemi. Eccola appunto che ritira la coperta dal balcone: inutile pregarla di scendere, bisogna salire fino a lei.

– Donna Noemi, mi permette una domanda? È contenta?

Noemi lo guardò sorpresa, con la coperta abbracciata.

– Di che cosa?

– Che venga don Giacintino. Vedrà, è un bravo ragazzo.

– Tu, dove lo hai conosciuto?

– Si vede da come scrive. Potrà far molto. Bisognerà però comprargli un cavallo...

– Ed anche gli sproni allora!

– ...Tutto sta che le loro signorie vadano d'accordo. Questo è l'importante.

Ella tolse un filo dalla coperta e lo buttò nel cortile: il suo viso s'era oscurato.

– Quando non siamo andate d'accordo? Finora sempre.

– Sì... ma... pare che lei non sia contenta dell'arrivo di don Giacintino.

– Devo mettermi a cantare? Non è il Messia! – ella disse, passando di traverso nella porticina dal cui vano si vedeva l'interno d'una camera bianca con un letto antico, un cassettone antico, una finestruola senza vetri aperta sullo sfondo verde del Monte.

Efix scese, staccò una piccola violacciocca rosea e tenendola fra le dita intrecciate sulla schiena si diresse alla basilica.

Il silenzio e la frescura del Monte incombente regnavano attorno: solo il gorgheggio delle cingallegre in mezzo ai rovi animava il luogo, accompagnando la preghiera monotona delle donne raccolte nella chiesa. Efix entrò in punta di piedi, con la violacciocca fra le dita, e s'inginocchiò dietro la colonna del pulpito.

La basilica cadeva in rovina; tutto vi era grigio, umido e polveroso: dai buchi del tetto di legno piovevan raggi obliqui di polviscolo argenteo che finivano sulla testa delle donne inginocchiate per terra, e le figure giallognole che balzavano dagli sfondi neri screpolati dei dipinti che ancora decoravano le pareti somigliavano a queste donne vestite di nero e viola, tutte pallide come l'avorio e anche le più belle, le più fini, col petto scarno e lo stomaco gonfio dalle febbri di malaria. Anche la preghiera aveva una risonanza lenta e monotona che pareva vibrasse lontano, al di là del tempo: la messa era per un trigesimo e un panno nero a frange d'oro copriva la balaustrata dell'altare; il prete bianco e nero si volgeva lentamente con le mani sollevate, con due raggi di luce che gli danzavano attorno e parevano emanati dalla sua testa di profeta. Senza lo squillo del campanello agitato dal piccolo sacrista che pareva scacciasse gli spiriti d'intorno, Efix, nonostante la luce, il canto degli uccelli, avrebbe creduto di assistere ad una messa di fantasmi. Eccoli, son tutti lì; c'è don Zame inginocchiato sul banco di famiglia e più in là donna Lia pallida nel suo scialle nero come la figura su nel quadro antico che tutte le donne guardano ogni tanto e che pare affacciata davvero a un balcone nero cadente. È la figura della Maddalena, che dicono dipinta dal vero: l'amore, la tristezza, il rimorso e la speranza le ridono e le piangon negli occhi profondi e nella bocca amara...

Efix la guarda e sente, come sempre davanti a questa figura che s'affaccia dall'oscurità di un passato senza limiti, un capogiro come se fosse egli stesso sospeso in un vuoto nero misterioso... Gli sembra di ricordare una vita anteriore, remotissima. Gli sembra che tutto intorno a lui si animi, ma d'una vita fantastica di leggenda; i morti risuscitano, il Cristo che sta dietro la tenda giallastra dell'altare, e che solo due volte all'anno viene mostrato al popolo, scende dal suo

nascondiglio e cammina: anche Lui è magro, pallido, silenzioso: cammina e il popolo lo segue, e in mezzo al popolo
è lui, Efix, che va, va, col fiore in mano, col cuore agitato
da un sussulto di tenerezza... Le donne cantano, gli uccelli
cantano; donna Ester sgambetta accanto al servo, col dito
fuori dell'incrociatura dello scialle. La processione esce fuori
dal paese, e il paese è tutto fiorito di melograni e di vitalbe;
le case son nuove, il portone della famiglia Pintor è nuovo,
di noce, lucido, il balcone è intatto... Tutto è nuovo, tutto è
bello. Donna Maria Cristina è viva e s'affaccia al balcone ove
sono stese le coperte di seta. Donna Noemi è giovanissima,
è fidanzata a don Predu, e don Zame, che segue anche lui
la processione, finge d'esser come sempre corrucciato, ma è
molto contento...

Ma il canto delle donne cessò e alcune s'alzarono per andarsene. Efix, che aveva appoggiato la testa alla colonna del
pulpito, si scosse dal suo sogno e seguì donna Ester che usciva per tornarsene a casa.

Il sole alto sferzava adesso il paesetto più che mai desolato
nella luce abbagliante del mattino già caldo: le donne uscite
di chiesa sparvero qua e là, tacite come fantasmi, e tutto fu di
nuovo solitudine e silenzio intorno alla casa delle dame Pintor. Donna Ester s'avvicinò al pozzo per coprire con un'assi-
cella una piantina di garofani, salì svelta le scale, chiuse porte
e finestre. Al suo passare il ballatoio scricchiolava e dal muro
e dal legno corroso pioveva una polverina grigia come cenere.

Efix aspettò ch'ella scendesse. Seduto al sole sugli scalini,
con la berretta ripiegata per farsi un po' d'ombra sul viso,
appuntava col suo coltello a serramanico un piuolo che donna
Ruth desiderava piantare sotto il portico; ma lo scintillare
della lama al sole gli faceva male agli occhi e la violacciocca
già appassita tremolava sul suo ginocchio. Egli sentiva le idee

confuse e pensava alla febbre che lo aveva tormentato l'anno scorso.

– Già di ritorno quella diavola?

Donna Ester ridiscese, con un vasetto di sughero in mano: egli si tirò in là per lasciarla passare e sollevò il viso ombreggiato dalla berretta.

– Padrona mia, non esce più?

– E dove vuoi che vada, a quest'ora? Nessuno mi ha invitato a pranzo!

– Vorrei dirle una cosa. È contenta?

– Di che, anima mia?

Ella lo trattava maternamente, senza famigliarità però; lo aveva sempre considerato un uomo semplice.

– Che... che sieno tutte d'accordo per la venuta di don Giacintino?

– Son contenta, sì. Doveva esser così.

– È un bravo ragazzo. Farà fortuna. Bisogna comprargli un cavallo. Però...

– Però?

– Non bisognerà dargli molta libertà, in principio. I ragazzi son ragazzi... Io ricordo quando ero ragazzo, se uno mi permetteva di stringergli il dito mignolo io gli torcevo tutta la mano. Eppoi gli uomini della razza Pintor, lei lo sa... donna Ester... sono superbi...

– Se mio nipote arriverà, Efix, io gli dirò come all'ospite: siediti, sei come in casa tua. Ma egli capirà che qui lui è ospite...

Allora Efix si alzò, scuotendosi dalle brache la segatura del piuolo. Tutto andava bene, eppure un senso di inquietudine lo agitava: aveva da dire ancora una cosa ma non osava.

Seguì passo passo la donna, si tolse la berretta per piantar con più forza il piuolo, attese di nuovo pazientemente finché donna Ester tornò per attinger acqua.

– Dia! Dia a me, – disse togliendole di mano la secchia, e mentre tirava su l'acqua guardava dentro il pozzo, per non guardare in viso la padrona, poiché si vergognava di chiederle i denari che ella gli doveva.

– Donna Ester, non vedo più i fasci di canne. Le ha poi vendute?

– Sì, le ho vendute in parte a un Nuorese, in parte le ho adoperate per accomodare il tetto, e così ho pagato anche il muratore. Sai che l'ultimo giorno di quaresima il vento portò via le tegole.

Egli non insisté dunque. Ci son tanti modi di aggiustar le cose, senza mortificar la gente a cui si vuol bene! Andò quindi da Kallina l'usuraia, fermandosi a salutare la nonna del ragazzo rimasto a guardia del poderetto. Alta e scarna, col viso egizio inquadrato dal fazzoletto nero con le cocche ripiegate alla sommità del capo, la vecchia filava seduta sullo scalino della sua catapecchia di pietre nerastre. Una fila di coralli le circondava il lungo collo giallo rugoso, due pendenti d'oro tremolavano alle sue orecchie come gocce luminose che non si decidevano a staccarsi. Pareva che invecchiando ella avesse dimenticato di togliersi quei gioielli di giovinetta.

– Ave Maria, zia Pottoi; come ve la passate? Il ragazzo è rimasto lassù, ma stasera sarà di ritorno.

Ella lo fissava coi suoi occhi vitrei.

– Ah, sei Efix? Dio ti aiuti. Ebbene, la lettera di chi era? Di don Giacintino? Se egli arriva accoglietelo bene. Dopo tutto torna a casa sua. È l'anima di don Zame, perché le anime dei vecchi rivivono nei giovani. Vedi Grixenda mia nipote! È nata sedici anni fa, per la festa del Cristo, mentre la madre moriva. Ebbene, guardala: non è sua madre rinata? Eccola...

Ecco infatti Grixenda che torna su dal fiume con un cestino

di panni sul capo, alta, le sottane sollevate sulle gambe lucide e dritte di cerbiatta. E di cerbiatta aveva anche gli occhi lunghi, umidi nel viso pallido di medaglia antica: un nastro rosso le attraversava il petto, da un lembo all'altro del corsettino aperto sulla camicia, sostenendole il seno acerbo.

– Zio Efix! – gridò carezzevole e crudele, mettendogli il cestino sul capo e frugandogli le saccocce.

– Anima mia bella! Sempre penso a voi, e voi non avete nulla da darmi... Neanche una mandorla!

Efix lasciava fare, rallegrato dalla grazia di lei. Ma la vecchia, col viso immobile e gli occhi vitrei, disse con dolcezza:

– Don Zame bonanima ritorna.

Allora Grixenda s'irrigidì, e il suo bel viso e i suoi begli occhi rassomigliavano vagamente a quelli della nonna.

– Ritorna?

– Lasciate queste storie! – disse Efix deponendo il cestino ai piedi della fanciulla, ma ella ascoltava come incantata le parole della nonna, e anche lui discendendo la strada credeva di rivedere il passato in ogni angolo di muro. Ecco, laggiù, seduto sulla panchina di pietra addossata alla casa grigia del Milese un grosso uomo vestito di velluto la cui tinta marrone fa spiccare meglio il colore del viso rosso e della barba nera.

Non è don Zame? Come lui sporge il petto, coi pollici nei taschini del corpetto, le altre dita rosse intrecciate alla catena d'oro dell'orologio. Egli sta lì tutto il giorno a guardare i passanti e a beffarsi di loro: molti cambiano strada per paura di lui, e altrettanto fa Efix per raggiungere non visto la casa dell'usuraia.

Una siepe di fichi d'India recingeva come una muraglia pesante il cortile di zia Kallina: anche lei filava, piccola, con le scarpette ricamate, senza calze, col visetto bianco e gli occhi dorati di uccello da preda lucidi all'ombra del fazzoletto ripiegato sul capo.

– Efix, fratello caro! Come stai? E le tue padroncine? E questa visita? Siedi, siedi, indugiati.

Galline sonnolente che si beccavano sotto le ali, gattini allegri che correvano appresso ad alcuni porcellini rosei, colombi bianchi e azzurrognoli, un asino legato a un piuolo e le rondini per aria davano al recinto l'aspetto dell'arca di Noè: la casetta sorgeva sullo sfondo della vecchia casa riattata del Milese, alta, quest'ultima, col tetto nuovo, ma qua e là scrostata e come graffiata dal tempo indispettito contro chi voleva togliergli la sua preda.

– Il podere? – disse Efix appoggiandosi al muro accanto alla donna. – Va bene. Quest'anno avremo più mandorle che foglie. Così ti pagherò tutto, Kallì! Non stare in pensiero...

Ella aggrottò le sopracciglia nude, seguendo con gli occhi il filo del suo fuso.

– Non ci pensavo neanche, vedi! Tutti fossero come te, e i sette scudi che tu mi devi fossero cento!

«Saetta che ti sfiori!» pensava Efix. «M'hai dato quattro scudi, a Natale, e ora son già sette!»

– Ebbene, Kallì, – aggiunse a bassa voce, curvando la testa come parlasse ai porcellini che gli fiutavano con insistenza i piedi. – Kallì, dammi un altro scudo! Così fan otto, e a luglio, come è vero il sole, ti restituirò fino all'ultimo centesimo...

L'usuraia non rispose; ma lo guardò a lungo da capo a piedi e tese il pugno verso di lui facendo le fiche.

Efix sobbalzò e le afferrò il polso, mentre i porcellini scappavano seguiti dai gattini e a tanto subbuglio le galline starnazzavano.

– Kallì, saetta che ti sfiori, se non ci fossero gli uomini come me, tu invece di praticar l'usura andresti a pescar sanguisughe...

– Meglio pescar sanguisughe che farsi succhiare il sangue come te, malaugurato! Sì, Maccabeo, te lo do lo scudo; dieci e cento te ne do, se li vuoi, come li do a gente più ragguardevole di te, alle tue padroncine, ai nobili e ai parenti dei baroni, ma le fiche te le farò sempre finché sarai uno stupido, cioè fino alla tua morte... Te li darò...

E andò a prendere cinque lire d'argento.

Efix se ne andò, con la moneta nel pugno, seguito dai saluti ironici della donna.

– Di' alle tue padroncine che si conservino bene.

Ma egli era deciso a sopportare ogni pena pur di far bella figura all'arrivo di don Giacintino. Voleva comprarsi una berretta nuova per riceverlo, e scese quindi alla bottega del Milese, rassegnandosi anche a salutare l'uomo seduto sulla panchina. Era don Predu, il parente ricco delle sue padroncine.

Don Predu rispose con un cenno sprezzante del capo, da sotto in su, ma non sdegnò di tender l'orecchio per sentire cosa il servo comprava.

– Dammi una berretta, Antoni Franzì, ma che sia lunga e che non sia tarlata...

– Non l'ho presa in casa delle tue padrone, – rispose il Milese che aveva la lingua lunga. E fuori don Predu raschiò in segno di approvazione, mentre il negoziante si arrampicava su una scaletta a piuoli.

– Tutto invecchia e tutto può rinnovarsi, come l'anno, – replicò Efix, seguendo con gli occhi la figura smilza del Milese ancora vestito con la lunga sopravveste di pelli del suo paese.

La botteguccia era piccola ma piena zeppa come un uovo: sulle scansie rosseggiavano le pezze dello scarlatto e accanto brillava il verde delle bottiglie di menta; i sacchi di farina sporgevano le loro pance bianche contro le gobbe nere delle botti d'aringhe, e nella piccola vetrina le donne nude delle cartoline illustrate sorridevano ai vasi di confetti stantii ed ai rotoli di nastri scoloriti.

Mentre il Milese traeva da una scatola le lunghe berrette di panno nero, ed Efix ne misurava con la mano aperta la circonferenza, qualcuno aprì la porticina che dava sul cortile; e nello sfondo inghirlandato di viti apparve, seduta su una lunga scranna, una donna imponente che filava placida come una regina antica.

– Ecco mia suocera: domanda a lei se queste berrette non costano a me nove *pezzas*, – disse il Milese, mentre Efix se ne misurava una tirandone giù sulla fronte il cerchio e ripiegandone la punta alla sommità della testa. – Hai scelto la migliore; non sei semplice come dicono! Non vedi che è una berretta da sposo?

– È stretta.

– Perché è nuova, figlio di Dio, prendila. Nove *pezzas*: è come che sia buttata nella strada.

Efix se la tolse e la lisciò, pensieroso; finalmente mise sul banco la moneta dell'usuraia.

Don Predu sporgeva il viso dalla porta, e il fatto che Efix comprava una berretta così di lusso richiamò anche l'attenzione della suocera del Milese. Ella chiamò il servo con un cenno del capo, e gli domandò con solennità come stavan le sue padrone. Dopo tutto erano donne nobili e meritavano il rispetto delle persone per bene: solo i giramondo arricchiti, come il Milese suo genero, potevano mancar loro di rispetto.

– Salutale tanto e di' a donna Ruth che presto andrò a farle una visita. Siamo sempre state buone amiche, con donna Ruth, sebbene io non sia nobile.

– Voi avete la nobiltà nell'anima, – rispose galantemente Efix, ma ella roteò lieve il fuso come per dire «lasciamo andare!»

– Anche mio fratello il Rettore ha molta stima per le tue padrone. Egli mi domanda sempre: «quando si va ancora assieme con le dame alla festa del Rimedio?»

– Sì, – ella proseguì con accento di nostalgia, – da giovani si andava tutti assieme alla festa: ci si divertiva con niente. Adesso la gente pare abbia vergogna a ridere.

Efix piegava accuratamente la sua berretta.

– Dio volendo quest'anno le mie padrone andranno alla festa... per pregare, non per divertirsi...

– Questo mi fa piacere. E dimmi una cosa, se è lecito: è vero che viene il figlio di Lia? Lo dicevano stamattina lì in bottega.

Siccome il Milese s'era avvicinato alla porta e rideva per qualche cosa che don Predu gli diceva sottovoce, Efix esclamò con dignità:

– È vero! Io sto qui appunto in paese perché devo comprare un cavallo per lui.

– Un cavallo di canna? – domandò allora don Predu, ridendo goffamente. – Ah, ecco perché ti ho visto uscire dalla tana di Kallina.

– A lei che importa? A lei non abbiamo domandato mai niente!

– Sfido, babbeo! Non vi darei mai niente! Un buon consiglio però, sì! Lasciate quel ragazzo dov'è!

Ma Efix era uscito dalla bottega a testa alta, con la berretta sotto il braccio, e si allontanava senza rispondere.

CAPITOLO III

Invano però nei giorni seguenti e per intere settimane le dame Pintor aspettarono il nipote.

Donna Ester fece il pane apposta, un pane bianco e sottile come ostia, quale si fa solo per le feste, e di nascosto dalle sorelle comprò anche un cestino di biscotti. Dopo tutto era un ospite, che arrivava, e l'ospitalità è sacra. Donna Ruth a sua volta sognava ogni notte l'arrivo del nipote, e ogni giorno verso le tre, ora dell'arrivo della diligenza, spiava dal portone. Ma l'ora passava e tutto restava immoto intorno.

Ai primi di maggio donna Noemi rimase sola in casa perché le sorelle andarono alla festa di Nostra Signora del Rimedio, come usavano tutti gli anni, da tempo immemorabile, per penitenza, – dicevano – ma anche un poco per divertimento.

Noemi non amava né l'una né l'altro, eppure, mentre sedeva all'ombra calda della casa, in quel lungo pomeriggio luminoso, seguiva col pensiero nostalgico il viaggio delle sorelle. Rivedeva la chiesetta grigia e rotonda simile a un gran nido capovolto in mezzo all'erba del vasto cortile, la cinta di capanne in muratura entro cui si pigiava tutto un popolo variopinto e pittoresco come una tribù di zingari, il rozzo belvedere a colonne, sopra la capanna destinata al prete, e lo sfondo azzurro, gli alberi mormoranti, il mare che luccicava laggiù fra le dune argentee. Pensando a queste dolci cose, Noemi sentiva voglia di piangere, ma si morsicava le labbra, vergognosa davanti a sé stessa della sua debolezza.

Tutti gli anni la primavera le dava questo senso d'inquietudine: i sogni della vita rifiorivano in lei, come le rose fra le
pietre dell'antico cimitero; ma ella capiva che era un periodo
di crisi, un po' di debolezza destinata a cessare coi primi calori estivi, e lasciava che la sua fantasia viaggiasse, spinta dalla
stessa calma sonnolenta che stagnava attorno, sul cortile rosso
di papaveri, sul Monte ombreggiato dal passaggio di qualche
nuvola, sull'intero villaggio metà dei cui abitanti era alla festa.

Eccola dunque col pensiero laggiù.

Le par d'essere ancora fanciulla, arrampicata sul belvedere
del prete, in una sera di maggio. Una grande luna di rame
sorge dal mare, e tutto il mondo pare d'oro e di perla. La
fisarmonica riempie coi suoi gridi lamentosi il cortile illuminato da un fuoco d'alaterni il cui chiarore rossastro fa spiccare
sul grigio del muro la figura svelta e bruna del suonatore,
i visi violacei delle donne e dei ragazzi che ballano il ballo
sardo. Le ombre si muovono fantastiche sull'erba calpestata
e sui muri della chiesa; brillano i bottoni d'oro, i galloni argentei dei costumi, i tasti della fisarmonica: il resto si perde
nella penombra perlacea della notte lunare. Noemi ricordava
di non aver mai preso parte diretta alla festa, mentre le sorelle
maggiori ridevano e si divertivano, e Lia accovacciata come
una lepre in un angolo erboso del cortile forse fin da quel
tempo meditava la fuga.

La festa durava nove giorni di cui gli ultimi tre diventavano un ballo tondo continuo accompagnato da suoni e canti:
Noemi stava sempre sul belvedere, tra gli avanzi del banchetto; intorno a lei scintillavano le bottiglie vuote, i piatti rotti,
qualche mela d'un verde ghiacciato, un vassoio e un cucchiaino dimenticati; anche le stelle oscillavano sopra il cortile
come scosse dal ritmo della danza. No, ella non ballava, non
rideva, ma le bastava veder la gente a divertirsi perché sperava

di poter anche lei prender parte alla festa della vita.

Ma gli anni eran passati e la festa della vita s'era svolta lontana dal paesetto, e per poterne prender parte sua sorella Lia era fuggita da casa...

Lei, Noemi, era rimasta sul balcone cadente della vecchia dimora come un tempo sul belvedere del prete.

Verso il tramonto qualcuno batté al portone ch'ella teneva sempre chiuso.

Era la vecchia Pottoi che veniva per domandarle se occorrevano i suoi servizi; benché Noemi non la invitasse a restare sedette per terra, con le spalle al muro, sciogliendosi il fazzoletto sul collo ingemmato, e cominciò a parlare con nostalgia della festa.

– Tutti son laggiù; anche i miei nipotini, Nostra Signora li aiuti. Ah, tutti son laggiù e han fresco, perché vedono il mare...

– E perché non siete andata anche voi?

– E la casa, missignoria? Per quanto povera, una casa non deve esser mai abbandonata del tutto: altrimenti ci si installa il folletto. I vecchi rimangono, i giovani vanno!

Sospirò, curvando il viso per guardarsi e aggiustarsi i coralli sul petto, e raccontò di quando anche lei andava alla festa con suo marito, sua figlia, le buone vicine. Poi sollevò gli occhi e guardò verso l'antico cimitero.

– Di questi giorni mi par di rivedere tutti i morti risuscitati. Tutti andavano a divertirsi, laggiù. Mi sembra di rivedere la madre di vossignoria, donna Maria Cristina, seduta sulla panca all'angolo del grande cortile. Sembrava una regina, con la gonna gialla e lo scialle nero ricamato. E le donne di tanti paesi le stavano sedute intorno come serve... Essa mi diceva: Pottoi, vieni, assaggia questo caffè; cosa ti pare, è buono? –

Sì, così umile era. Ah, per questo non amo neppure tornare laggiù; mi pare che ci ho lasciato qualche cosa e che non la ritroverei più...

Noemi assentì vivacemente, con la testa reclinata sul lavoro; la voce della vecchia le sembrava l'eco del suo passato.

– E don Zame, missignoria? Era l'anima della festa. Gridava, spesso, sembrava la burrasca, ma in fondo era buono. L'arcobaleno c'è sempre, dietro la tempesta. Ah, sì, proprio in questi giorni, quando sto seduta giù a filare, mi sembra di sentire un passo di cavallo... Eccolo, è lui che va alla festa, sul suo cavallo nero, con le bisacce piene... Passa e mi saluta: Pottoi, vieni in groppa? Su, mala fata!

Ella rifaceva commossa la voce del nobile morto; poi, a un tratto, seguendo i suoi pensieri, domandò:

– E questo don Giacintino non arriva più?

Noemi s'irrigidì, perché non permetteva a nessuno di immischiarsi nei fatti di casa sua.

– Se verrà ch'egli sia il benvenuto, – rispose fredda; ma andata via la vecchia riprese il filo dei suoi pensieri. Riviveva talmente nel passato che il presente non la interessava quasi più.

A misura che l'ombra calda della casa copriva il cortile e l'odore dell'euforbia arrivava dalla pianura, ricordava più intensamente la fuga di Lia. Ecco, è un tramonto come questo: il Monte bianco e verde incombe sulla casa, il cielo è tutto d'oro. Lia sta su nelle camere di sopra e vi si aggira silenziosa; s'affaccia al balcone, pallida, vestita di nero, coi capelli scuri che par riflettano un po' l'azzurro dorato del cielo; guarda laggiù verso il castello, poi d'improvviso solleva le palpebre pesanti e si scuote tutta agitando le braccia. Pare una rondine che sta per spiccare il volo. Scende, va al pozzo, innaffia i fiori, e mentre il profumo dolce della violacciocca si mesce all'odore acre dell'euforbia, le prime stelle salgono sopra il Monte.

Lia va a sedersi sull'alto della scala, con la mano sulla corda, gli occhi fissi nella penombra.

Noemi la ricordava sempre così, come l'aveva veduta l'ultima volta passandole accanto per andare a letto. Dormivano assieme nello stesso letto, ma quella sera ella l'aveva attesa invano. S'era addormentata aspettandola e ancora l'aspettava...

Il resto le si confondeva nella memoria: ore e giorni d'ansia e di terrore misterioso come quando si ha la febbre alta... Rivedeva solo il viso livido e contratto di Efix che si curvava a guardare per terra quasi cercasse un oggetto smarrito.

– Padrone mie, zitte, zitte! – mormorava, ma egli stesso era poi corso per il paese domandando a tutti se avevano veduto Lia; e si curvava a guardare entro i pozzi, e spiava le lontananze.

Poi era tornato don Zame...

A questo ricordo un fragore di tempesta echeggiava nella memoria di Noemi; ogni volta ella sentiva il bisogno di muoversi, come per rompere un incubo.

S'alzò dunque e salì nella sua camera, la stessa ove un tempo dormiva con Lia: lo stesso letto di ferro arrugginito a foglie d'oro stinte, a grappoli d'uva di cui solo qualche acino conservava come nei grappoli veri acerbi un po' di rosso e di violetto: le stesse pareti imbiancate con la calce, i quadretti con cornici nere, con antiche stampe di cui nessuno in casa conosceva il valore: lo stesso armadio tarlato, sopra la cui cornice arance e limoni in fila luccicavano al tramonto come pomi d'oro.

Noemi aprì l'armadio per rimettere il lavoro, e il cardine stridette nel silenzio come una corda di violino, mentre il sole già senza raggi gettava un chiarore roseo sulla biancheria disposta sulle assi rivestite di carta turchina.

Tutto era in ordine là dentro: in alto alcune trapunte logore, tappeti di seta, coperte di lana che il lungo uso aveva ingiallito come lo zafferano: più giù la biancheria odorosa di mele cotogne, e canestrini di asfodelo e di giunchi sul cui sfondo giallino si disegnavano in nero i vasi, i pesci, gl'idoletti dell'arte sarda primitiva.

Noemi rimise il suo lavoro entro uno di questi canestrini, e ne sollevò un altro: sotto c'era un plico di carte, le carte di famiglia, gli stromenti, i legati, gli atti di una lite, stretti forte da un nastrino giallo contro il malocchio. Il nastrino giallo che non aveva impedito alle terre di passare in altre mani e alla lite di esser vinta dagli avversari, legava alle carte morte una lettera che Noemi, ogni volta che sollevava il panierino, guardava come si guarda dalla riva del mare il cadavere di un naufrago respinto lentamente dall'onda.

Era la lettera di Lia dopo la fuga.

Quel giorno Noemi aveva come il male del ricordo: la lontananza delle sorelle e un'istintiva paura della solitudine la riconducevano al passato. Lo stesso chiarore aranciato del crepuscolo, il Monte coperto di veli violetti, l'odore della sera, tutto le ridestava l'anima di vent'anni prima. Silenziosa, nera nel chiarore tra la finestruola e l'armadio, sembrava essa stessa una figura del passato, salita su dall'antico cimitero per visitare la casa abbandonata. Rimise in ordine le trapunte e i cestini; chiuse, riaprì: l'armadio strideva e pareva la sola cosa viva della casa.

Finalmente si decise e strappò la lettera dal fascio di carte; era ancora bianca, entro la busta bianca; sembrava scritta ieri e che nessuno ancora l'avesse letta.

Noemi sedette sul letto, ma aveva appena svolto il foglio e messo una mano sul pomo d'ottone che qualcuno picchiò, giù: prima un colpo, poi tre, poi incessantemente.

Ella sollevò la testa, guardando verso il cortile con occhi spaventati.

– Il postino non può essere: è già passato...

I colpi echeggiavano nel cortile silenzioso: così picchiava suo padre quando tardavano ad aprirgli...

Abbandonò la lettera e corse giù, ma arrivata al portone si fermò ad ascoltare: il cuore le batteva come se i colpi arrivassero al petto.

– Signore! Signore! Non può esser lui...

Finalmente domandò un po' aspra:

– Chi è?

– Amici, – rispose una voce straniera.

Ma Noemi non riusciva ad aprire, tanto le tremavano le mani.

Un uomo giovane che pareva un operaio, alto e pallido, vestito di verde, con le scarpe gialle polverose e i piccoli baffi in colore delle scarpe, stava davanti al portone appoggiato a una bicicletta. Appena vide Noemi si tolse il berretto che lasciava l'impronta sui folti capelli dorati, e le sorrise mostrando i bei denti fra le labbra carnose.

Ella lo riconobbe subito agli occhi, occhi grandi a mandorla, d'un azzurro verdognolo; erano ben gli occhi dei Pintor, ma il suo turbamento aumentò quando lo straniero balzato sugli scalini del portone la strinse forte fra le sue braccia dure.

– Zia Ester! Sono io... E le zie?

– Sono Noemi... – ella disse un poco umiliata: ma tosto s'irrigidì. – Non ti aspettavamo. Ester e Ruth sono alla festa...

– C'è una festa? – egli disse tirando su la bicicletta a cui era legata una valigia polverosa. – Ah, sì, ricordo: la festa del Rimedio. Ah, ecco...

Gli sembrava di riconoscere il luogo dov'era. Ecco il portico tante volte ricordato da sua madre: egli vi spinse la bicicletta e cominciò a slegare la valigia battendovi su un fazzoletto per togliere la polvere.

Noemi pensava:

«Bisogna chiamare zia Pottoi, bisogna mandar da Efix... Come farò, sola? Ah, esse lo sapevano che doveva arrivare, e mi han lasciata sola...»

L'abbraccio di quell'uomo sconosciuto, arrivato non si sa da dove, dalle vie del mondo, le destava una vaga paura; ma ella sapeva bene i doveri dell'ospitalità e non poteva trascurarli.

– Entra. Vuoi lavarti? Porteremo poi su la valigia: chiamerò una donna che ci fa i servizi... Adesso son sola in casa... e non ti aspettavo...

Cercava di nascondere la loro miseria; ma pareva ch'egli conoscesse anche questa, perché senza attender d'esser servito, dopo aver portato la valigia nella camera che zia Ester aveva già preparato per lui – l'antica camera per gli ospiti, in fondo al balcone – ridiscese disinvolto e andò a lavarsi al pozzo come il servo.

Noemi lo seguiva con l'asciugamano sul braccio.

– Sì, da Terranova, son venuto. Che strada! Si vola! Sì, devo esser passato davanti alla chiesa, ma non mi sono accorto della festa. Sì, il paese sembra deserto: è molto decaduto, sì...

Rispondeva sì a tutte le domande di Noemi, ma pareva molto distratto.

– Perché non ho scritto? Dopo la lettera di zia Ester stavo incerto. Poi sono stato anche malato e... non sapevo... A dirvi la verità mi son deciso avantieri; c'era un amico che partiva. Allora, ieri, visto che il mare era calmo, sono partito...

Asciugandosi, si dirigeva verso la cucina. Noemi lo seguiva.

«Ester gli ha scritto! E lui è partito, così, come alla festa!»

Egli sedette sull'antica panca, di faccia al Monte che gettava la sua ombra violetta nella cucina, accavalcò le lunghe gambe, incrociò sul petto le lunghe braccia palpandosele con le mani bianche. Noemi osservò che le calze di lui erano verdi, un colore strano davvero per calze da uomo, e accese il fuoco ripetendo fra sé:

«Ah, Ester gli ha scritto di nascosto? Che se lo curi lei, adesso!»

E provava un vago timore a voltarsi, a guardare quella figura d'uomo un po' tutta strana, verde e gialla, immobile sulla panca dalla quale pareva non dovesse alzarsi più.

Ma egli ricominciò a parlare del viaggio, della strada solitaria, e domandò quanto s'impiegava per arrivare a Nuoro. Voleva recarsi a Nuoro: c'era lassù l'amministratore di un molino a vapore, amico di suo padre, che gli aveva promesso un posto.

Noemi si sollevò sorridente.

– Quanto ci vuole? Non so dirtelo, quanto ci vuole in bicicletta. Poche ore. Io sono stata a Nuoro molti anni fa, a cavallo. La strada è bella, e la città è bella, sì; l'aria è buona, la gente è buona. Là non ci sono febbri, come qui, e tutti possono lavorare e guadagnare. Tutti i forestieri son diventati ricchi, lassù, mentre, qui, pare d'essere in luogo di morti...

– Sì, sì, è vero!

Ella andò a prender le uova per fare una frittata.

– Vedi, qui non c'è neanche carne, tutti i giorni; di vino non se ne trova più... E questo amministratore del molino, come si chiama? Tu lo conosci?

No, egli non lo conosceva, ma era certo che andando a Nuoro avrebbe ottenuto il posto.

Noemi sorrideva con rancore e con ironia, curva a punger la frittata: si fa presto a dire che si trova un posto! C'è tanta gente in cerca di posti!

– Ma tu hai lasciato quello che avevi? – domandò in fretta senza sollevar gli occhi.

Giacinto non rispose subito; pareva molto preoccupato per l'esito della frittata che ella rivoltava cautamente.

Alcune gocce di olio caddero sulle brace, inondando la cucina di fumo grasso; poi la padella riprese a friggere tranquilla e Giacinto disse:

– Era una cosa tanto meschina! E neppur sicura... Con tanta responsabilità!...

Non disse altro, e Noemi non domandò altro. La speranza ch'egli se ne andasse presto a Nuoro la rendeva buona e paziente. Apparecchiò la tavola nell'attigua camera da pranzo abbandonata e umida come una cantina, e cominciò a servirlo scusandosi di non potergli offrire altro.

– In questo paese bisogna contentarsi...

Giacinto schiacciava le noci con le sue forti mani, tendendo l'orecchio al tintinnio delle greggi che passavano dietro la casa. Era quasi notte; il Monte era diventato scuro e là dentro in quell'umida stanza dalle pareti macchiate di verde pareva d'essere in una grotta, lontani dal mondo. Le descrizioni che Noemi faceva della festa lo suggestionavano. Egli la guardava, un po' stanco e assonnato, e quella figura nera sullo sfondo ancora lucido del finestrino, coi capelli folti e le mani piccole appoggiate al tavolo melanconico, doveva ricordargli i racconti nostalgici di sua madre, perché cominciò a domandar notizie di persone del paese che erano morte o di cui Noemi non s'interessava affatto.

– Zio Pietro? Com'è questo zio Pietro? È il più ricco, vero? Quanto può possedere?

– È ricco, sì, certo: ma è una testa! Superbo come un giudeo.

– Egli dà denari a usura?

Noemi arrossì, perché sebbene le relazioni col cugino fossero tese, le sembrava un'ingiuria personale dare dell'usuraio a un nobile Pintor.

– Chi te lo ha detto, questo? Ah, non dirlo neanche per scherzo...

– Il Rettore e la sorella, però, sono usurai davvero. Sono ricchi? Quanto posseggono?

– Neanche loro, che dici? Forse forse il Milese, ma un'usura giusta: il trenta per cento, non di più...

– È questa un'usura giusta? Ah, com'è allora l'altra?

Allora Noemi si curvò sul tavolo e mormorò:

– Anche il mille per cento... E anche di più, qualche volta.

Ma invece di meravigliarsi, Giacinto si versò da bere e disse pensieroso:

– Sì, anche da noi l'usura è diventata enorme... Il nipote del cardinale Rampolla si è rovinato così!...

Dopo cena volle uscire. Domandò dov'era la posta, e Noemi lo condusse fino alla strada, indicandogli la piazzetta in fondo verso la casa del Milese.

Appena egli si fu allontanato, ella si guardò attorno e scese fino alla casupola della vecchia Pottoi. La porticina era aperta, ma dentro tutto era nero, e solo ai richiami timidi di Noemi la vecchia s'avanzò dalla profondità scura della stamberga con un tizzone acceso in mano. Il barlume rossastro faceva scintillare i suoi gioielli.

– Zia Pottoi, sono io: bisogna che mandiate subito qualcuno a chiamare Efix. È arrivato Giacinto. E poi voi verrete a dormire con me. Ho paura a star sola... con un forestiere...

– Andrò a chiamare qualcuno per mandarlo al podere. Ma io dalla vossignoria non vengo, no: la casa non la lascio in balìa del folletto...

E perché durante la sua assenza il folletto non entrasse, lasciò il tizzone acceso sulla soglia della porta.

CAPITOLO IV

Un gran fuoco di lentischi, come lo aveva veduto Noemi fanciulla, ardeva nel cortile di Nostra Signora del Rimedio, illuminando i muri nerastri del Santuario e le capanne attorno.

Un ragazzo suonava la fisarmonica, ma la gente, ch'era appena uscita dalla novena e preparava la cena o già mangiava entro le capanne, non si decideva a cominciare il ballo.

Era presto ancora: sul cielo lucido del crepuscolo spuntavano le prime stelle, e dietro la torretta del belvedere l'occidente rosseggiava spegnendosi a poco a poco.

Una gran pace regnava su quel villaggio improvvisato, e le note della fisarmonica e le voci e le risate entro le capanne parevano lontane.

Qua e là davanti ai piccoli fuochi accesi lungo i muri si curvava la figura nera di qualche donna intenta a cucinare.

Gli uomini, venuti alla vigilia per portare le masserizie, eran già ripartiti coi loro carri e i loro cavalli: rimanevano le donne, i vecchi, i bambini e qualche adolescente, e tutti, sebbene convinti d'esser là per far penitenza, cercavano di divertirsi nel miglior modo possibile.

Le dame Pintor avevano a loro disposizione due capanne fra le più antiche (tutti gli anni ne venivan fabbricate di nuove) dette appunto *sas muristenes de sas damas*, perché divenute quasi di loro proprietà in seguito a regali e donazioni fatte alla chiesa dalle loro ave fin dal tempo in cui gli arcivescovi di Pisa nelle loro visite pastorali alle diocesi sarde sbarcavano nel porto più vicino e celebravano messe nel Santuario.

Ecco ancora, fra una capanna e l'altra, all'angolo del cortile, il sedile di pietra addossato al muro ove zia Pottoi aveva veduto donna Maria Cristina corteggiata come una Barona da tutte le vassalle che si recavano in pellegrinaggio alla chiesa.

Adesso donna Ester e donna Ruth sedevano umili e nere come due monache col fazzoletto bianco in testa e le mani sotto il grembiale, pensando a Noemi lontana, a Giacinto lontano.

La loro cena era stata frugale: una zuppa di latte che non gonfiava lo stomaco e lasciava il pensiero lucido e puro come quel gran cielo di primavera. Eppure, di tanto in tanto, donna Ester aveva come un brivido di rimorso, un pensiero segreto quasi colpevole. Giacintino... la lettera scritta di nascosto...

Accanto a loro, seduta per terra con le spalle al muro e le braccia intorno alle ginocchia, Grixenda rideva guardando il ragazzo che suonava la fisarmonica. Nella capanna attigua le parenti con cui ella era venuta alla festa cenavano sedute per terra attorno ad una *bertula* [1] stesa come tovaglia, e mentre una di esse cullava un bambino che s'addormentava agitando le manine molli, l'altra chiamava la fanciulla.

– Grixenda, fiore, vieni, prendi almeno un pezzo di focaccia! Cosa dirà tua nonna? Che t'abbiamo lasciato morir di fame?

– Grixenda, non senti che ti chiamano? Obbedisci, – disse donna Ester.

– Ah, donna Ester mia! Non ho fame... che di ballare!

– Zuannantò! Vieni a mangiare! Non vedi che il tuo suono è come il vento? Fa scappar la gente.

– Aspetta che le otri siano piene e vedrai! – disse l'usuraia,

---

[1] *Bertula*: Bisaccia.

uscendo sulla porticina a destra delle dame Pintor e pulendosi
i denti con l'unghia.

Anche lei aveva finito di cenare e per non perder tempo si
mise a filare al chiarore del fuoco.

Allora fra lei, le dame, la ragazza e le donne dentro cominciò la solita conversazione: come al paese durante tutto l'anno
parlavano della festa, ora alla festa parlavano del paese.

– Io non so come avete fatto a lasciar la casa sola, comare
Kallì; come? – disse una ragazza alta che portava sotto il grembiale un vaso di latte cagliato, dono del prete alle dame Pintor.

– Natòlia, cuoricino mio! Io non ho lasciato in casa i tesori
che ha lasciato in casa il tuo padrone il Rettore!

– *Corfu 'e mazza a conca!* [2] E allora datemi la chiave. Vado
e frugo, in casa vostra, eppoi scappo nelle grandi città!"

– Tu credi che nelle grandi città si stia bene? – domandò
donna Ruth con voce grave, e donna Ester che aveva vuotato
il vaso del latte e lo restituiva a Natòlia con dentro mezza
pezza [3] di mancia, si fece il segno della croce:

– *Liberanos Domine.*

Entrambe pensavano alla stessa cosa, alla fuga di Lia,
all'arrivo di Giacinto, e con sorpresa sentirono Grixenda mormorare:

– Ma se quelli che stanno nelle grandi città vogliono venir
qui!

La gente cominciava ad uscir nel cortile; sulle porticine
apparivan le donne che si pulivan la bocca col grembiale e poi
rincorrevano i bambini per prenderli e metterli a dormire.

Una delle parenti di Grixenda andò dal suonatore di fisarmonica e gli porse una focaccia piegata in quattro.

---

[2] *Corfu 'e mazza a conca!*: Colpo di mazza alla testa.
[3] *Pezza*: Venticinque centesimi.

– E mangia, gioiello! Cosa dirà tua nonna? Che non ti do da mangiare?

Il ragazzo sporse il viso, strappò un boccone dalla focaccia e continuò a suonare.

Ma nessuno si decideva a cominciare il ballo tanto che Grixenda e Natòlia, irritate per l'indifferenza delle donne, dissero qualche insolenza.

– Si sa! Se non ci sono maschi non vi divertite!

– Ci fosse almeno Efix il servo di donna Ruth. Anche quello vi basterebbe!

– È vecchio come le pietre! Che me ne faccio di Efix? Meglio bello con un ramo di lentischio!

Ma d'un tratto il cane del prete, dopo aver abbaiato sul belvedere, corse giù urlando fuori del cortile e le donne smisero d'insolentirsi per andare a vedere. Due uomini salivano dallo stradone, e mentre uno stava seduto su un piccolo cammello, l'altro si piegava su una grande cavalletta le cui ali parevano mandassero giù e su i lunghi piedi del cavaliere. Il chiarore del fuoco, a misura che i due salivano, illuminava però le loro figure misteriose; e la prima era quella di Efix su un cavallo gobbo di bisacce e di guanciali, e l'altra quella di uno straniero la cui bicicletta scintillò rossa attraversando di volo il cortile.

Grixenda balzò in piedi appoggiandosi al muro tanto era turbata; anche la fisarmonica cessò di suonare.

– Donna Ester mia! Suo nipote.

Le dame s'alzarono tremando e donna Ester parlò con una vocina che pareva il belato d'un capretto.

– Giacintino!... Giacintino!... Nipote mio... Ma non è una visione? Sei tu?...

Egli era smontato davanti a loro e si guardava attorno confuso: sentì le sue mani prese dalle mani secche della zia, e sullo sfondo nero del muro vide il viso pallido e gli occhi di perla di Grixenda.

Poi tutte le donne gli furono attorno, guardandolo, toccandolo, interrogandolo: il calore dei loro corpi parve eccitarlo; sorrise, gli sembrò d'esser giunto in mezzo ad una numerosa famiglia, e cominciò ad abbracciare tutti. Qualche donna balzò indietro, qualche altra si mise a ridere sollevando il viso a guardarlo.

– È costume del tuo paese? Donna Ester, donna Ruth, ci ha scambiato con loro! Ci crede tutte sue zie!

Efix intanto, tirati giù i guanciali, li portò dentro la capanna vuota passando di traverso per la stretta porticina. Grixenda lo aiutò a stenderli sul sedile in muratura, lungo la parete, e fu lei a spazzar la celletta e a preparare il lettuccio, mentre nell'altra capanna si udiva Giacintino rispondere rispettoso e quasi timido alle domande delle zie.

– Sissignora, da Terranova in bicicletta: cos'è poi? Un volo! Con una strada così piana e solitaria si può girare il mondo in un giorno. Sì, la zia Noemi è rimasta, vedendomi: non mi aspettava certo, e forse credeva che avessi sbagliato porta!

Ogni sua parola e il suo accento straniero colpivano Grixenda al cuore. Ella non aveva ben distinto il viso del giovane arrivato da terre lontane, ma aveva notato la sua alta statura e i capelli folti dorati come il fuoco. E provava già un senso di gelosia perché Natòlia, la serva del prete, s'era cacciata dentro la capanna delle dame e parlava con lui.

Com'era sfacciata, Natòlia! Per piacere allo straniero si beffava persino delle capanne, che dopo tutto erano sacre perché abitate dai fedeli e appartenenti alla chiesa.

– Neanche a Roma ci son palazzi come questi! Guardi che cortine! Le han messe i ragni, gratis, per amor di Dio.

– E i topi non li conta? Se si sente grattare i piedi, stanotte, non creda che sia io, don Giacì!

Grixenda si morse le labbra e picchiò sulla parete per far tacere Natòlia.

– Ci sono anche gli spiriti. Li sente?

– Oh, è una donna che picchia! – disse semplicemente donna Ruth.

– Spiriti, topi e donne per me son la stessa cosa, – rispose Giacinto.

E Grixenda, di là, appoggiata alla parete di mezzo, si mise a ridere forte. Ascoltava la voce del giovane come aveva poco prima ascoltato il suono della fisarmonica e rideva per il piacere, eppure in fondo sentiva voglia di piangere.

Del resto tutti erano felici, ma d'una felicità grave, nella vera capanna delle dame.

– Mi pare di sognare, – diceva donna Ester, servendo da cenare al nipote, mentre donna Ruth lo guardava fisso con occhi lucidi, ed Efix traeva dalla bisaccia un bariletto di vino, e pur così curvo si volgeva a sorridere ai suoi padroni.

Giacinto mangiava, seduto sul sedile in muratura che serviva a più usi, da tavola e da letto: e credeva anche lui di sognare.

Dopo l'accoglienza fredda di Noemi s'era sentito ciò che veramente era, straniero in mezzo a gente diversa da lui; ma adesso vedeva le zie servirlo premurose, il servo sorridergli come ad un bambino, le fanciulle guardarlo tenere ed avide, – sentiva la cantilena della fisarmonica, intravedeva le ombre danzanti al chiaro del fuoco, e s'immaginava che la sua vita dovesse trascorrere sempre così, fantastica e lieta.

– Adattarsi bisogna, – disse Efix versandogli da bere. – Guarda tu l'acqua: perché dicono che è saggia? Perché prende la forma del vaso ove la si versa.

– Anche il vino, mi pare!

– Anche il vino, sì! Solo che il vino qualche volta spumeggia e scappa; l'acqua no.

– Anche l'acqua, se è messa sul fuoco a bollire, – disse Natòlia.

Allora Grixenda corse là dentro, prese per il braccio la serva e la trascinò via con sé.

– Lasciami! Che hai?

– Perché manchi di rispetto allo straniero!

– Grixè! Ti ha morsicato la tarantola ché diventi matta?

– Sì, e perciò voglio ballare.

Già alcune donne s'eran decise a riunirsi attorno al suonatore, porgendosi la mano per cominciare il ballo. I bottoni dei loro corsetti scintillavano al fuoco, le loro ombre s'incrociavano sul terreno grigiastro. Lentamente si disposero in fila, con le mani intrecciate, e sollevarono i piedi accennando i primi passi della danza; ma erano rigide e incerte e pareva si sostenessero a vicenda.

– Si vede che manca il puntello! Manca l'uomo. Chiamate almeno Efix! – gridò Natòlia, e siccome Grixenda la pizzicava al braccio aggiunse: – Ah, ti punga la vespa! Anche a lui vuoi che si usi rispetto?

Ma al grido Efix era apparso e si avanzava battendo i piedi in cadenza e agitando le braccia come un vero ballerino. Cantava accompagnandosi:

> *A sa festa... a sa festa so andatu...*[4]

Arrivato accanto a Grixenda le prese il braccio, si unì alla fila delle danzatrici e parve davvero animare con la sua presenza il ballo: i piedi delle donne si mossero più agili, riunendosi, strisciando, sollevandosi, i corpi si fecero più molli, i visi

---

4 Alla festa... Alla festa sono andato...

brillarono di gioia.

– Ecco il puntello. Forza, coraggio!

– E su! E su!

Un filo magico parve allacciare le donne dando loro un'eccitazione composta e ardente. La fila si cominciò a piegare, formando lentamente un circolo: di tanto in tanto una donna s'avanzava, staccava due mani unite, le intrecciava alle sue, accresceva la ghirlanda nera e rossa dietro cui si muoveva la frangia delle ombre. E i piedi si sollevavano sempre più svelti, battendo gli uni sugli altri, percuotendo la terra come per svegliarla dalla sua immobilità.

– E su! E su!

Anche la fisarmonica suonava più lieta ed agile. Grida di gioia echeggiarono, quasi selvagge, come per domandare al motivo del ballo una intonazione più animata e più voluttuosa.

– Uhì! Ahiahi!

Tutti eran corsi a vedere, e là in fondo nell'angolo del cortile Grixenda distinse i capelli dorati di Giacinto fra i due fazzoletti bianchi delle zie.

– Compare Efix, fate ballare il vostro figlioccio! – disse Natòlia.

– Quello è un puntello, sì!

– Mettilo accanto alla chiesa e ti sembrerà il campanile.

– E sta zitta, Natòlia, lingua di fuoco.

– Parlano più i tuoi occhi che la mia lingua, Grixè.

– Il fuoco ti mangi le palpebre!

– E state zitte, donne, e ballate.

A sa festa... a sa festa so andatu...

– Uhì! Uhiahi!...

Il grido tremolava come un nitrito, e le gambe delle donne,

disegnate dalle gonne scure, e i piedi corti emergenti dall'ondulare dell'orlo rosso si movevan sempre più agili scaldati dal
piacere del ballo.

– Don Giacinto! Venga!

– E su! E su!

– E venga! E venga!

Tutte le donne guardavano laggiù sorridendo. I denti brillavano agli angoli delle loro bocche.

Egli balzò, quasi sfuggendo alla prigionia delle due vecchie dame; arrivato però in mezzo al cortile si fermò incerto:
allora il circolo delle donne si riaprì, si allungò di nuovo in
fila, andò incontro allo straniero come nei giuochi infantili,
lo accerchiò, lo prese, si richiuse.

Messo in mezzo fra Grixenda e Natòlia, alto, diverso da
tutti, egli parve la perla nell'anello della danza; e sentiva la
piccola mano di Grixenda abbandonarsi tremando un poco
entro la sua, mentre le dita dure e calde di Natòlia s'intreccia-
vano forte alle sue come fossero amanti.

Anche il prete uscì dalla sua capanna, guardò qua e là,
placido e rosso come un bambino ancora calvo, poi andò a
sedersi accanto alle dame Pintor.

– Bel ragazzo, suo nipote, donna Ruth!

Trasse la tabacchiera d'argento, la scosse, l'aprì e la porse
nel cavo della mano prima a donna Ester, poi a donna Ruth,
infine alla stessa Kallina.

– Bel ragazzo, donna Ester, ma mi raccomando, attenzione.

Sollevò la sottana per rimettersi in tasca la tabacchiera e
ripiegò e arrotolò il suo fazzoletto turchino, sbattendosene le
cocche sul petto.

– Donna Ester, attenzione. Del resto anche noi abbiamo ballato quando avevamo ali ai piedi. E adesso che fa, vossignoria?

Donna Ester piangeva di gioia, ma finse di starnutire.

– Sembra pepe il suo tabacco, prete Paskà!

Il più felice di tutti era Efix. Sdraiato su un mucchio d'erba, in una delle *muristenes* vuote, gli pareva ancora di ballare e di ammirare Giacinto. E gli sorrideva come gli sorridevan le donne. Ecco, la figura del «ragazzo» aveva già preso nella sua vita il miglior posto come nel circolo della danza.

E riandava col pensiero fino al momento in cui era corso alla casa dei suoi padroni per vedere il figlio di Lia: che momento! Era stata così forte la sua gioia che neppure si rammentava che cosa aveva detto, che cosa aveva fatto. Solo rivedeva la figura fredda eppure inquieta di Noemi seguirlo e dirgli come in segreto:

– Andate, su, andate alla festa... Andate: vi aspettano.

E li aveva mandati via, col viso rischiarato solo all'atto del congedo, su nella cornice del portone che si chiudeva davanti a lei.

Passando sotto il poderetto s'eran fermati un momento; ed Efix aveva additato con tenerezza d'amante la sua collina, il ciglione ove le canne tremavano rosee al tramonto, la capanna appiattata tra il verde ad aspettarlo.

– Io sto qui tutto l'anno. E vossignoria verrà quando ci saran gli ortaggi e le frutta da portare al paese... Ma il suo cavallo non sopporta la bisaccia! – aggiunse socchiudendo gli occhi contro il barbaglio della bicicletta.

– Io me ne vado a Nuoro! – disse Giacintino, pur guardando il podere di sotto in su come si guarda una persona.

– Qualche volta verrà! Prima che faccia troppo caldo, e poi in autunno si sta bene all'ombra, lassù! E di notte? La luna ci fa compagnia come una sposa. E le angurie qua sotto l'orto sembrano allora bocce di cristallo.

– Sì, qualche volta verrò, – promise Giacinto, buttandosi giù dalla macchina svelto come un uccello.

Ed era stato lui, quasi vinto dalle descrizioni del compagno, a proporre di visitare il poderetto.

Ed avevano visitato il poderetto, lasciando giù il cavallo a strappare qualche fronda della siepe del muricciolo.

Efix fece osservare bene al nuovo padroncino le arginature costrutte da lui con metodi preistorici: e il giovane guardava con meraviglia i massi accumulati dal piccolo uomo, e poi guardava questi come per misurare meglio la grandiosità della costruzione.

– Tutto da solo? Che forza! Dovevi esser forte, in gioventù!

– Sì, ero forte! E il sentiero, non l'ho fatto io?

Il sentiero serpeggiava su, rinforzato anch'esso da muriccie, come da terrapieni eran sostenuti i ciglioni e i rialzi del poderetto: un'opera paziente e solida che ricordava quella degli antichi padri costruttori dei *nuraghes*.

E su, e su, ad ogni scaglione si fermavano e si volgevano a contemplare l'opera del piccolo uomo, e lo straniero aveva curiosità infantili che divertivano il servo.

– Il fiume si gonfia d'inverno?

– Cos'è questo? – domandava tirando a sé qualche fronda di alberello.

Non conosceva né le piante né le erbe; non sapeva che i fiumi straripano in primavera! Ecco la striscia coltivata a ceci, pallidi già entro le loro bucce puntute: ecco le siepi di gravi pomidoro lungo il solco umido, ecco un campicello che sembra di narcisi ed è di patate, ecco le cipolline tremule alla brezza come asfodeli, ecco i cavoli solcati dai bruchi verdi luminosi. Nugoli di farfalle bianche e giallognole volavano di qua e di là, posandosi, confondendosi coi fiori dei piselli: le cavallette si staccavano e ricadevano come sbattute dal vento, le api ronzavano lungo le muriccie come dorate dal polline dei fiori su cui posavano. Una fila di papaveri s'accendeva tra il verde monotono del campo di fave.

E un silenzio grave odoroso scendeva con le ombre dei muricciuoli, e tutto era caldo e pieno d'oblio in quell'angolo di mondo recinto dai fichi d'India come da una muraglia vegetale, tanto che lo straniero, arrivato davanti alla capanna, si buttò, steso sull'erba ed ebbe desiderio di non proseguire il viaggio.

Fra una canna e l'altra sopra la collina le nuvole di maggio passavano bianche e tenere come veli di donna; egli guardava il cielo d'un azzurro struggente e gli pareva d'esser coricato su un bel letto dalle coltri di seta.

Vedeva Efix aprire la capanna, volgersi richiamandolo con un gesto malizioso dell'indice, poi ritornare con qualche cosa nascosta dietro la schiena e inginocchiarsi ammiccando. Sognava?

S'alzò a sedere cingendosi le ginocchia con le braccia e si fece un po' pregare prima di prendere la zucca arabescata piena di vino giallo che il servo gli porgeva. Infine bevette: era un vino dolce e profumato come l'ambra e a berlo così, dalla bocca stretta della zucca, dava quasi un senso di voluttà.

Efix guardava, inginocchiato come in adorazione: bevette anche lui e sentì voglia di piangere.

Le api si posarono sulla zucca; Giacinto strappò di mezzo alle sue gambe sollevate uno stelo d'avena, e guardando per terra domandò:

– Come vivono le mie zie?

Era giunto il momento delle confidenze. Efix sporse la zucca di qui e di là, a destra e a sinistra.

– Guardi, vossignoria, fin dove arriva l'occhio la valle era della sua famiglia. Gente forte, era! Adesso non resta che questo poderetto, ma è come il cuore che batte anche nel petto dei vecchi. Si vive di questo.

– Ma che testa, mio nonno! È stato lui a rovinare la famiglia...

– Se non era lui, vossignoria non era nato!

Giacinto sollevò rapido gli occhi, riabbassandoli tosto. Occhi pieni di disperazione.

– E perché nascere?

– Oh bella, perché Dio vuole così!

Giacinto non rispose: guardava sempre per terra e le sue palpebre si sbattevano quasi stesse per piangere. Ma bevette di nuovo, docile, chiudendo gli occhi, mentre Efix si lasciava sedere a gambe in croce e si prendeva un piede fra le mani.

– Non è contento d'esser venuto, don Giacintì?

– Non chiamarmi così, – disse allora il giovine. – Io non sono nobile, non sono nulla! Dimmi tu, come te lo dico io. Se sono contento? No. Sono venuto qui perché non sapevo dove andare... Là c'è tanta gente... Là bisogna esser cattivi per far fortuna. Tu non puoi sapere! Ci son tanti ricchi... Ma c'è tanta gente...

Agitava le dita della mano tesa lontano, come per accennare al brulichio della folla, ed Efix guardava il suo piede e mormorava con tenerezza e con pietà:

– Anima mia bella!

E avrebbe voluto curvarsi sul desolato «ragazzo» e dirgli: sono qua io, non ti mancherà nulla! – ma non seppe che offrirgli di nuovo la zucca come la madre offre il seno al bambino che si lamenta.

– Lo sappiamo, sì, che diavolo di mondo è quello! Ma qui è diverso: si può anche far fortuna. Le racconterò come ha fatto il Milese... Un giorno arrivò come un uccello che non ha nido...

Ma Giacinto ascoltava desolato a testa bassa, torcendo un poco la bocca con disgusto, e d'improvviso si buttò col gomito appoggiato sull'erba e il viso alla mano, masticando con rabbia l'avena.

– Se sapessi, tu! Ma che puoi sapere, tu? C'è a Roma un principe che possiede terre quanto tutta la Sardegna, e un altro, uno che s'è fatto grande da sé, che quando succede qualche disastro nazionale offre denari più del re.

– Anche in Sardegna c'è un frate che ha trecento scudi di rendita al giorno, – disse Efix umiliato, ma poi alzò la voce: – dico trecento scudi, intende, vossignoria?

Vossignoria non parve sorpreso. Ma dopo un momento domandò:

– Dov'è? Si può conoscere?

– Sta a Calangianus, in Gallura.

– Troppo lontano. – E Giacinto, con gli occhi distratti, riprese a narrare delle favolose ricchezze dei Signori del Continente, dei loro vizi e delle loro dissipazioni.

– E son gente contenta? – domandò Efix, quasi irritato.

– E noi siamo gente contenta?

– Io sì, vossignoria! Beva, beva e si faccia coraggio!

Giacinto bevette ed Efix scosse poi le ultime gocce sull'erba: le api vi si posarono e tutt'intorno fu un ronzio di dolcezza.

Ma dopo l'arrivo al Rimedio il ragazzo pareva contento.

Aveva abbracciato le zie e le altre donne, aveva mangiato bene e ballato come un pastore alla festa. Adesso dormiva e russava, ed Efix l'aveva veduto poco prima sul lettuccio lungo il muro, con le palpebre chiuse così delicate, che pareva vi trasparisse l'azzurro degli occhi, coi capelli rossicci sul bianco del guanciale e i pugni chiusi come un bambino che sogna.

Aveva dimenticato per terra il lume acceso. Efix si curvò a spegnerlo pensando che i Pintor erano tutti così; incuranti dell'economia e del pericolo!

Ebbene, forse meglio così nella vita! Anche lui si volse supino e chiuse i pugni: attraverso i buchi del tetto oscillavan le stelle e il loro tremolìo e l'incessante tremolìo dei grilli parevano la stessa cosa.

Si sentiva l'odore degli ontani e del puleggio; tutto era caduto in un silenzio tremulo come dentro un'acqua corrente. Ed Efix ricordava le sere lontane, il ballo, i canti notturni, donna Lia seduta sulla pietra all'angolo del cortile, piegata su se stessa come una giovine prigioniera che rode i lacci e piano piano si prepara alla fuga.

CAPITOLO V

L'indomani all'alba Efix riportò il cavallo in paese e raccontò alla padrona giovine il divertimento della sera prima. Noemi sembrava tranquilla: solo, quando egli ripartì per il poderetto, corse al portone raccomandandogli di tornare fra tre giorni per portare provviste alle sorelle.

Dopo tre giorni Efix tornò e per non pagare il nolo del cavallo si caricò sulle spalle la bisaccia e s'avviò a piedi.

Il tempo s'era rinfrescato: dai monti del Nuorese scendeva il venticello dei boschi e correva correva sulle erbe lungo il fiume e pareva volesse scendere con questo al mare.

Efix sostò al poderetto, presso l'ontano al limite sabbioso del campo delle angurie, e guardando i tralci carnosi che correvano avviluppandosi qua e là come serpi sotto le foglie, gli pareva che avessero, come del resto tutti i cespugli tremuli intorno, qualche cosa di vivo, di animale. E parlava loro come lo intendessero, raccomandando loro di non stroncarsi, di non seccarsi, di crescere bene e dar molto frutto come era loro dovere; ma un rumore nella strada richiamò la sua attenzione.

Don Predu, fiero e pesante sul suo cavallo nero grasso, passava dietro la siepe. Cosa insolita, vedendo Efix si fermò.

– E che facciamo, con questa bisaccia? Sei stato a rubar fave?

Efix s'alzò, rispettoso.

– Son le provviste per le mie dame. E lei dove va?

Anche don Predu andava laggiù. Dalla sua bisaccia a fiorami usciva l'odore del *gattò* che portava in regalo al Rettore suo amico, e il collo violetto di una damigiana di vino.

– E tu vai a piedi, babbèo? Anche il cavallo ti fanno fare, adesso? Dammi la bisaccia, te la porto. Non scappo, no! Se vuoi esser più sicuro monta su in groppa anche tu, babbèo!

Sbalordito, dopo essersi un po' fatto pregare e minacciare, Efix caricò la bisaccia sul cavallo che pareva si fosse addormentato, poi montò in groppa alle spalle di don Predu cercando di farsi leggero.

– Adesso suderà, sì, il cavallo di vossignoria!

– Così il diavolo mi aiuti, è il cavallo più forte del Circondario; puoi caricargli su un monte, lo porta. Vedi, va come non avesse neanche sella. E dimmi, tu, cosa è venuto a frugare qui quel vagabondo di mio nipote?

Efix gli fece una smorfia alle spalle. Ah, ecco perché l'aveva preso!

– Perché, vagabondo? Era impiegato.

– Che impiego aveva? Contava le ore?

– Un buon impiego, invece! Nella Dogana. Ma, certo, per vivere in quei posti ci vuole molto denaro. Ci son signori che hanno terre quanto è grande la Sardegna e uno fa elemosine più del re.

Don Predu si gonfiò tutto dal ridere: una risata silenziosa, feroce.

– Ah, ecco, ci siamo! Ecco che hai già la testa piena di vento!

– Perché parla così, don Predu? – disse Efix con dignità. – Il ragazzo è sincero, buono: non ha vizi, non fuma, non beve, non ama le donne. Avrà fortuna. Se vuole ha subito un posto a Nuoro. Eppoi ha anche denari alla Banca.

– Tu li hai contati, babbèo? Ah, Efix, in fede mia, a te danno da mangiare fandonie, invece di pane. Dimmi, quanto ti devono adesso le tue nobili padrone?

– Nulla mi devono. Io devo tutto a loro.

– Zitto, se no ti scaravento dentro il fiume. Senti, adesso continuerete a far debiti, per mantenere il ragazzo: prenderete denari da Kallina, il demonio l'affondi. Venderete il podere. Ricordati che lo voglio io. Se non mi avverti a tempo, se farete come altre volte che invece di vendere a me per il prezzo giusto avete venduto a metà agli altri, bada, ti avverto, Efisè, ti taglio le canne della gola. Sei avvertito.

L'uomo, dietro, ansava, oppresso da un peso ben più grave della bisaccia di cui don Predu aveva voluto liberarlo.

– Dio, Signore! Perché parla così, don Predu? Come un nemico delle sue povere cugine?

– Al diavolo le cugine e la loro testa piena di vento! Son loro che mi han trattato sempre da nemico. E nemico sia. Ma tu ricordati, Efix: il poderetto lo voglio io...

Il martirio durò tutta la strada, finché Efix, stanco più che avesse viaggiato a piedi, scivolò dalla groppa del cavallo e tirò giù la bisaccia.

Entrando nel recinto rivide la solita scena: le sue dame sedevano sulla panchina con le mani in grembo, Kallina filava, coi piedi nudi entro le scarpette a nastri; nell'interno delle capanne le donne sedute per terra bevevano il caffè, cullavano i bimbi, e sull'alto del belvedere, sullo sfondo del cielo dorato, la figura nera di prete Paskale salutava col fazzoletto turchino.

– Si divertono? – domandò Efix, deponendo la bisaccia ai piedi delle sue padrone. – E lui?

– Balliamo sempre, – disse donna Ester, e donna Ruth si alzò per riporre la roba.

Di Giacinto parlò commossa l'usuraia.

– Che giovane affabile! Di poche parole, ma buono come il miele. Si diverte come un bambino e viene qui a mangiare il mio pane d'orzo. Eccolo che adesso ritorna con Grixenda dalla fontana.

Si vedevano infatti in lontananza, tra il verde delle macchie, lui alto e verdognolo, lei piccola e nera, tutti e due con
in mano le secchie scintillanti che di tanto in tanto si toccavano e di cui l'acqua, traboccando, si mischiava e sgocciolava. E i due pareva provassero piacere a quel contatto perché
guardavano le secchie a testa bassa e ridevano.

Efix ebbe un presentimento. Andò su dal prete a portargli
un cestino di biscotti, regalo di una paesana, e vide di lassù
don Predu, indugiatosi ad abbeverare il cavallo alla fontana,
raggiungere Giacinto e Grixenda e curvarsi a dir loro qualche
cosa. Tutti e tre ridevano, la fanciulla a testa bassa, Giacinto
toccando il collo del cavallo.

– Efix, – disse il prete, sbattendosi il fazzoletto sul petto
per togliervi il tabacco, – ecco don Predu. Meno male, avremo un po' di maldicenza. E il vostro Giacinto è un bravo
ragazzo; viene a messa e alla novena. Ben educato, affabile.
Ma mi raccomando, attenzione!

Le serve del prete corsero fuori per aiutare don Predu a
scaricar le bisacce, mentre le altre donne affacciavano i visi
pallidi alle porticine e il cane, dopo aver un po' abbaiato, si
slanciava alto davanti al cavallo quasi volesse baciarlo.

– Piano, donne! – disse don Predu. – C'è dentro le bisacce
qualche cosa che si rompe a toccarla, come voi...

– La tocchi la saetta, don Predu! –, imprecò Natòlia, pur
guardandolo con occhi languidi per tentarne la conquista.
Ah, se le riusciva! Si sarebbe così vendicata di Grixenda, che
si era preso tutto per sé lo straniero.

Grixenda a sua volta sembrava eccitata per l'arrivo di don
Predu.

– Quello, vede, – disse sottovoce a Giacinto, mentre attraversavano il cortile, – quello, suo zio, è un uomo che si
diverte e spende, nelle feste. Non sta melanconico come lei!

Cento lire ha, cento lire butta, così!

Prese un po' d'acqua con le dita, e gliela buttò sul viso, senza ch'egli cessasse di sorridere con gli occhi dolci pieni di desiderio, mostrandole fra le labbra rosee i denti bianchi quasi volesse morderla.

– Che cosa son cento lire? Io ne ho spese mille in una notte e non mi sono divertito...

Grixenda depose la secchia sul sedile, e si gettò sopra il bambino che le sorrideva dal giaciglio agitando le gambine in aria e tentando di afferrarsele con le manine sporche: gli baciò le cosce, affondando le labbra nella carne tenera ove i solchi segnavano striscioline rosee e viola; lo sollevò in alto, lo riabbassò fino a terra, lo sollevò ancora, lo fece ridere, lo portò fuori stringendoselo forte al petto.

Fuori Giacinto s'era messo a sedere a gambe aperte, e vi dondolava in mezzo le mani, ascoltando Kallina che lo invitava a mangiare con lei le fave cotte col latte: parlavano piano, come di cosa grave, ma donna Ruth si affacciò alla porticina con in mano una coscia d'agnello bianca di grasso col rognone violetto coperto dal velo, e interruppe il colloquio.

– Bisogna chiamar Efix perché faccia uno spiedo di legno: Giacintino, va!

Grixenda corse lei a chiamare il servo, gli si fregò addosso come una gattina, gli diede da baciare il bambino.

– Come sono contenta, zio Efix! Stanotte balleremo ancora! Ma guardate il vostro padroncino: pare faccia la corte a Kallina!

Efix la guardava con tenerezza; vide Giacinto sollevar gli occhi pieni d'amore e di desiderio, e in cuor suo benedisse i due giovani. Sì, divertitevi, amatevi: alla festa si va per questo e la festa passa presto...

Seduto all'ombra del muro cominciò a intagliare lo spiedo: le donne ridevano intorno a lui, Giacinto come sempre taceva e pareva intento alla voce della fisarmonica che riempiva di lamenti e di grida il cortile. Ma arrivò Natòlia, dondolando i fianchi.

– Il mio padrone e don Predu invitano don Giacintino a pranzo.

Ed egli si alzò, dopo aver sbattuto bene l'orlo dei calzoni. Donna Ester lo seguì con gli occhi e guardò a lungo verso il belvedere, come affascinata dal luccichio dei bicchieri e del vassoio d'argento che Natòlia agitava lassù come uno specchio; l'idea che il cugino ricco facesse caso del nipote povero bastava per renderla felice.

Le donne lodavano Giacinto, e l'usuraia traendo il filo fra il pollice e l'indice e girando il fuso sul ginocchio diceva con dolcezza insolita:

– Un ragazzo così docile non l'avevo mai conosciuto. E bello, poi! Rassomiglia al Barone antico...

– A chi? Al Barone morto che vive ancora nel castello?

Ma donna Ruth si mise l'unghia dell'indice sulla bocca: non bisognava parlar di morti, alla festa.

– Altro che spirito: è vivo e ha le mani che si muovono, non è vero, Grixè? Chi? Don Giacintino!

Ma Grixenda, appoggiata al muro, col bimbo che le morsicava i bottoni della camicia, guardava anche lei il vassoio luccicante su nel belvedere, e i suoi occhi parevano affascinati come quelli della vecchia nonna quando nelle notti di luna spiavano il passaggio dei folletti giù verso il fiume.

Efix tornò ancora tre giorni dopo. Questa volta non era solo: quasi tutti quelli del paese scendevano alla festa, e le donne portavano sul capo vassoi con torte e cestini pieni di galline legate con nastri rossi.

Gli alberelli intorno erano carichi di frutti acerbi e la festa pareva si stendesse per tutta la valle.

Arrivando, Efix trovò il recinto intorno alle capanne già ingombro di carri con tende formate da sacchi e da lenzuola, e i rivenditori di dolci e di vino dritti accanto ai loro piccoli banchi all'ombra della chiesa.

Una fila di mendicanti vigilava il sentiero e le loro figure accovacciate, terree e turchine, alcune con orribili occhi bianchi, altre con piaghe rosse e tumori violacei, coi petti nudi come scorticati, con le braccia e le dita brancicanti nerastre come ramicelli bruciati, si disegnavano fra un cespuglio e l'altro sulla linea azzurrognola e lattea dell'orizzonte. Ma al di là l'occhio spaziava sul verde, e i gruppi dei cavalli e dei puledri rendevano più grandioso il paesaggio.

Il suono della fisarmonica arrivava fin laggiù; il motivo saltellante e voluttuoso richiamava alla danza, ma a volte si mutava in lamento, come stanco di gioia, come rimpiangendo il piacere che passa e gemendo per l'inutilità di tutte le cose: allora anche l'occhio melanconico delle giumente pareva pieno di una dolcezza nostalgica.

Efix si fermò un momento in mezzo a un gruppo di paesani del Nuorese: le donne sedevano in fila davanti alle capanne, aspettando l'ora della messa cantata, e i loro corsetti di scarlatto davano un tono rosso all'ombra del muro.

Ma la messa tardava. Su nel belvedere i preti ridevano e il vassoio di Natòlia passava e ripassava scintillando fra l'azzurro e il nero.

Efix trovò la capanna deserta: le padrone erano in chiesa ed egli andò a cercarle, ma si trovò preso in mezzo fra don Predu, il Milese e Giacinto, davanti a un rivenditore di vino, e vide tre bicchieri gialli intorno al suo viso.

– Bevi, babbèo!

– Per me è presto.

– Non è mai presto per un uomo sano. O sei malato?

Don Predu gli batté così forte alle spalle che egli balzò avanti e il vino traboccò dai bicchieri e gli si versò addosso. Sia tutto per l'amor di Dio! Egli si asciugò le vesti con la mano e bevette; e con sorpresa e soddisfazione vide Giacinto trarre il portafogli e porgere al rivenditore un biglietto da cinquanta lire. Dio sia lodato, vuol dire che il ragazzo aveva denari davvero.

Del resto fu tutta una giornata di gioia: gioia composta e quasi melanconica nelle donne, verso le quali gli uomini, divertendosi rumorosamente fra loro, dimostravano una certa noncuranza.

Tutto il giorno la fisarmonica suonò accompagnata dai gridi dei rivenditori, dall'urlo dei giocatori di morra, dai canti corali o dai versi dei poeti estemporanei.

Raccolti entro una capanna, seduti per terra a gambe in croce intorno a una damigiana verso cui si volgevano come a un idolo, i poeti improvvisavano ottave pro e contro la guerra di Libia: eran parecchi e si davano il turno, e intorno a loro si accalcavano uomini e ragazzi: di tanto in tanto qualcuno si curvava per prendere di terra un bicchiere di vino.

– *Bibe, diaulu!*

– Salute!

– Che possiamo conoscerla cento anni di seguito, questa festa, sani e allegri.

– *Bibe*, forca!

Il poeta Serafino Masala di Bultei, col profilo greco e vestito come un eroe di Omero, cantava:

Su turcu non si cheret reduire,

Anzis pro gherrare est animosu,
S'arabu inferocidu est coraggiosu,
Si parat prontu nè cheret fuire...[5]

I bicchieri passavano da una mano all'altra; qualche donna s'affacciava timidamente alla porta.

E Gregorio Giordano di Dualchi, bel giovane rosso vestito come un trovatore, si lisciava i lunghi capelli con tutte e due le mani, se li tirava sul collo, e cantava quasi singhiozzando come una prèfica:

Basta, non poto pius relatare,
Discurro su chi poto insa memoria;
Chi àppana in dogni passu sa vittoria,
De poder tottu l'Africa acquistare;
Tranquillos e sanos a torrare,
Los assistan sos Santos de sa Gloria,
E cun bona memoria e vertude
Torren a dom'issoro chin salude! [6]

Applausi e risate risuonavano; tutti ridevano ma erano commossi.

All'ombra della chiesa Efix invece sentiva altri gruppi di paesani parlare dell'America e degli emigranti.

– L'America? Chi non l'assaggia non sa cosa è. La vedi da lontano e ti sembra un agnello da tosare: ci vai vicino e ti

---

5 Il turco non vuole arrendersi, – Anzi per combattere è animoso, – L'arabo inferocito è coraggioso, – Si slancia pronto né vuole fuggire...

6 Basta, non posso più raccontare, – Discorro, quel che posso a memoria; – Che abbiano (gl'Italiani) in ogni passo la vittoria, – Da poter tutta l'Africa conquistare; – Tranquilli e sani possano tornare, – Li assistano i Santi della Gloria, – E con buona memoria e virtù – Tornino a casa loro con salute!

morsica come un cane.

– Sì, fratelli cari, io ci andai con la bisaccia a metà piena e credevo di riportarla colma; la riportai vuota!

Un Baroniese smilzo alto e nero come un arabo, invitò Efix a bere e gli raccontò episodi della guerra, di cui era reduce.

– Sì, – diceva, guardandosi le mani, – ho strappato il ciuffo ad un *Sirdusso*, uno che adorava il diavolo. Io avevo fatto voto di prenderglielo, il ciuffo; di prenderlo intero, con la pelle e con tutto. E così lo presi, che possiate vedermi cieco, se mentisco! Lo portai al mio capitano, tenendolo come un grappolo; sgocciolava sangue nero come acini d'uva nera. Il capitano mi disse: bravo, Conzinu!

Efix ascoltava, con in mano una rosellina di macchia. Si fece il segno della croce con lo stelo del fiore, e disse:

– Ti confesserai, Conzì! Hai ucciso un uomo!

– Nella guerra non è peccato. È forse di nascosto? No.

Allora cominciarono a discutere, ed Efix guardava la rosellina come parlando a lei sola.

– Ad uccidere tocca a Dio.

Ma dovette interrompere la discussione perché da lontano donna Ester gli accennava di avvicinarsi. Era l'ora del pasto; Giacinto era invitato dal prete e tutti, chi più chi meno, mangiavano in buona compagnia. Dalle capanne uscivan nuvole di fumo odoroso d'arrosto.

L'angolo più tranquillo era quello delle dame. Sedute nella loro capanna mangiavano con Efix l'arrosto di agnello e parlavano di Noemi lontana e di Giacinto, del prete e del Milese, sorridendo senza malizia.

– I primi giorni, – disse donna Ruth, tagliando una piccola torta in tre porzioni eguali, – Giacinto parlava sempre d'andarsene a Nuoro, ove diceva d'aver un posto nel molino.

Adesso, da due giorni non ne parla più.

– Ma è che da due giorni non si vede quasi più; e sempre con Predu e con altri compagni.

– Lasciamolo divertire, – disse Efix.

Fuor dalla porta si vedeva Kallina seduta, insolitamente oziosa sulla sua pietra, e Grixenda col bambino in grembo, pallida e triste fissava il belvedere del prete.

Ah, Giacinto si divertiva lassù, dimentico di lei: e a lei pareva di star accovacciata sul limite di un deserto, davanti a un miraggio.

Efix uscì e le disse:

– Perché non ti diverti?

Ella accomodò sulla cuffietta del bimbo il nastrino giallo contro il malocchio, e gli occhi le si riempivano di lagrime.

– Per me è finito tutto!

Dalla capanna le parenti la chiamavano:

– Grixenda, vieni! Che dirà tua nonna vedendoti così magra? Che non ti diamo da mangiare?

– Eh, bocconi soli ci vogliono, – disse Kallina a Efix, dopo averlo chiamato ammiccando. – Vieni, Efix, bevi un bicchiere di vernaccia. Sai chi me l'ha regalata? Il tuo padroncino. Buono come il pane, e affabile: ma senti, bisogna dirgli che Grixenda non è adatta per lui!

– E lasciateli divertire! Siamo alla festa!

– Qui si viene a far penitenza, non a peccare. Sì, le parenti dànno da mangiare a Grixenda, ma non badano ov'essa va giorno e notte con don Giacinto.

– E le mie padrone? Non s'accorgono?

– Loro? Sono come i santi di legno nelle chiese. Guardano, ma non vedono: il male non esiste per loro.

– È vero! – ammise Efix. Bevette, ma si sentì triste e andò a coricarsi sotto un lentischio della brughiera.

Di là vedeva l'erba alta ondulare quasi seguendo il motivo monotono della fisarmonica, e i cavalli immobili al sole come dipinti sullo smalto azzurro dell'orizzonte.

Le voci si perdevano nel silenzio, le figure sfumavano nella luce: ed eccone una di donna sorgere accanto a un cespuglio: un'altra di uomo la raggiunge e le si accosta tanto che formano un'ombra sola.

Efix sentì un brivido alla schiena, eppure staccò una margheritina, ne masticò lo stelo e guardò senza invidia Grixenda e Giacinto abbracciati. Dio li benedica e li avvolga sempre così, di sole e di luce.

Nel pomeriggio la festa fu ancora più animata. Gli uomini si mostravano più espansivi con le donne, trascinandole al ballo, e il sole obliquo tingeva di rosa il cortile che ronzava come un alveare.

Al cader del sole il popolo si raccolse nella chiesa e migliaia di voci salirono in una sola, fondendosi come fuori si fondevano i profumi dei cespugli; Efix, inginocchiato in un angolo, provava la solita estasi dolorosa: e accanto a lui Grixenda, inginocchiata, rigida come un angelo di legno, cantava gemendo d'amore.

La luce rossa del crepuscolo, vinta verso l'altare dal chiaror dei ceri, copriva la folla come di un velo di sangue, ma a poco a poco il velo si fece nero, rischiarato appena dall'oro dei ceri. La folla non si decideva ad uscire, sebbene il prete avesse finito le sue orazioni, e continuava a cantare intonando le laudi sacre. Era come il mormorio lontano del mare, il muoversi della foresta al vespero: era tutto un popolo antico che andava, andava, cantando le preghiere ingenue dei primi cristiani, andava, andava per una strada tenebrosa, ebbro di dolore e di speranza, verso un luogo di luce, ma lontano, irraggiungibile.

Efix con la testa fra le mani cantava e piangeva. Grixenda

guardava avanti a sé con gli occhi umidi che riflettevano la fiammella dei ceri, e cantava e piangeva anche lei. E la pena dell'uno era uguale a quella dell'altra: e la pena di entrambi era la stessa di tutto quel popolo che ricordava come il servo un passato di tenebre e sognava come la fanciulla un avvenire di luce: pena d'amore.

Poi tutto fu silenzio.

Zuannantoni, impaziente di riprendere la fisarmonica, fu il primo a balzar fuori con la berretta in mano. Ma sulla porta si fermò, guardò in su e diede un grido. Tutti si precipitarono a guardare. Era la luna nuova che rasentava il muro e pareva volesse scender là dentro.

Dopo cena ricominciarono i canti e le grida attorno ai fuochi: ballava persino don Predu, rendendo felici tutte le donne che speravano d'esser scelte da lui.

Solo Giacinto non ballava; seduto accanto all'usuraia faceva dondolar le mani fra le sue ginocchia, pallido e stanco: intanto Efix sentiva le donne discutere su chi quel giorno aveva più speso denari e s'era più divertito, e qualcuno diceva:

– È don Predu.

– No, è don Giacinto. Più di trecento lire, ha speso. Ma è ricco. Dicono che ha una miniera d'argento; ma come s'è divertito!

– Pagava da bere a tutti, anche a chi non conosceva.

– Perché lo fa?

– Oh bella, perché chi ne ha ne spende.

Efix provava soddisfazione e inquietudine. Sedette accanto a Giacinto e gli riferì le chiacchiere delle donne.

– Una miniera d'argento? Sì, rende, ma non come una miniera di petrolio. Una signora che conosco io sognò che in tal posto ce n'era una, in un terreno d'un signore decaduto.

Questi era così disperato che stava per uccidersi. Ma scavò dove quella aveva sognato e adesso è così ricco che passa venti mila lire al mese a una donna...

– Perché non ha sposato quella del sogno? O aveva già marito? – domandò Efix pensieroso.

Le donne ballavano: si vedeva Grixenda col viso acceso ridere come la creatura più folle della festa; ed Efix mormorò toccando il ginocchio di Giacinto:

– Vossignoria... dicono... guarda quella ragazza... È buona, ma è povera. Eppoi anche orfana...

– La sposerò, – disse Giacinto, ma guardava per terra e pareva sognasse.

CAPITOLO VI

Nei tempi di carestia, cioè nelle settimane che precedevano la raccolta dell'orzo, e la gente, terminata la provvista del grano, ricorre all'usura, la vecchia Pottoi andava a pescare sanguisughe. Il suo posto favorito era una insenatura del fiume sotto la *Collina dei Colombi* presso il poderetto delle dame Pintor.

Stava là ore ed ore immobile, seduta all'ombra di un ontano, con le gambe nude nell'acqua trasparente verdognola venata d'oro; e mentre con una mano teneva ferma sulla sabbia una bottiglia, con l'altra si toccava la collana.

Di tanto in tanto si curvava un poco, vedeva i suoi piedi ondulare grandi e giallastri entro l'acqua, ne traeva uno, staccava dalla gamba bagnata un acino nero lucente che vi si era attaccato, e lo introduceva nella bottiglia spingendovelo giù con un giunco. L'acino s'allungava, si restringeva, prendeva la forma di un anello nero: era la sanguisuga.

Un giorno, verso la metà di giugno, ella salì fino alla capanna di Efix. Faceva un gran caldo e la valle era tutta gialla sotto il cielo d'un azzurro velato.

Il servo intrecciava una stuoia, all'ombra delle canne, con le dita che tremavano per la febbre di malaria; vedendo la vecchia che gli si sedeva ai piedi con la bottiglia in grembo, sollevò appena gli occhi velati e attese rassegnato, quasi sapesse già quello che ella voleva da lui.

– Efix, sei un uomo di Dio e puoi parlarmi con la coscienza in mano. Che intenzioni ha il tuo padroncino? Egli

viene a casa mia, si mette a sedere, dice al ragazzo: suona la
fisarmonica (gliel'ha regalata lui), poi dice a me: manderò zia
Ester, a chiedervi la mano di Grixenda; ma donna Ester non
si vede, e un giorno che io sono andata là, donna Noemi mi
ha preso viva, e morta m'ha lasciata, tanti improperi mi ha
detto. Tornata poi a casa, Grixenda m'ha anche lei mancato di
rispetto, perché non vuole che vada dalle tue padrone. Io non
so da qual parte rivolgermi, Efix; non siamo noi che abbiamo
chiamato il ragazzo dalla strada: è venuto lui. Kallina mi dice:
cacciatelo fuori. Ma lei lo caccia fuori, quando ci va?

Efix sorrise.

– Là non va certo per far all'amore!...

Allora la vecchia sollevò irritata il viso e il suo collo parve
allungarsi più del solito, tutto corde.

– E in casa mia viene forse a far all'amore? No; egli è un
ragazzo onesto. Neppure tocca la mano a Grixenda. Essi si
amano come buoni cristiani, in attesa di sposarsi. Dimmi in
tua coscienza, Efix, che intenzioni ha? Fammi questa carità,
per l'anima del tuo padrone.

Efix diventò pensieroso.

– Sì, una sera, alla festa, egli mi disse: la sposerò... In mia
coscienza credo però che egli non possa.

– Perché? Egli non è nobile.

– Non può, ripeto, donna! – disse Efix con più forza.

– Per denari ne ha, questo si vede. Spende senza contare.
E il tuo padrone morto diceva, mi ricordo, quando anche lui
veniva a sedersi a casa mia ed era giovane e viveva mia nonna:
l'amore è quello che lega l'uomo alla donna, e il denaro quello che lega la donna all'uomo.

– Lui? Diceva così? A chi?

– A me, sei sordo? Sì a me. Ma io avevo quindici anni ed
ero senza malizia. Mia nonna cacciò via di casa don Zame

e mi fece sposare Priamu Piras. E Priamu mio era un va-
lent'uomo: aveva un pungolo con una lesina in cima e mi
diceva, avvicinandomelo agli occhi: vedi? ti porto via la pupilla viva se guardi don Zame quando ti guarda. Così passò il
tempo. Ma i morti ritornano: eccoli, quando don Giacintino
sta seduto sullo sgabello e Grixenda sulla soglia della porta,
mi par di essere io e il beato morto...

Quando ella incominciava a divagare così non la finiva
mai, ed Efix che lo sapeva la mandò via infastidito.

– Andate in pace! Cercate anche voi un uomo con un
buon pungolo, per nipote vostra!

E la vecchia contenta di sapere che il ragazzo una sera alla
festa aveva detto: «la sposerò» andò via senz'altro. Efix rimase
solo in faccia alla luna rossa che saliva tra i vapori cinerei
della sera, ma si sentiva inquieto: nel sopore in cui tutta la
valle era immersa, il mormorio dell'acqua gli pareva il ronzio
della febbre, e che i grilli stessi col loro canto si lamentassero
senza tregua.

No, la vita che Giacinto conduceva non era quella di un
giovane onesto e timorato di Dio: giorno per giorno le grandi
speranze fondate su lui cadevano lasciando posto a vere in-
quietudini. Egli spendeva e non guadagnava; ed anche il pozzo più profondo, pensava Efix, ad attingervi troppo si secca.

Qualche sera Giacinto scendeva al poderetto per portare in
paese le frutta e gli ortaggi che le zie poi vendevano a casa di
nascosto come roba rubata, poiché non è da donne nobili far le
erbivendole, e tutto questo era quanto di più utile egli faceva:
il resto del tempo lo passava oziando di qua e di là per il paese.
Ma eccolo che vien su per il sentiero trascinandosi a fianco
come un cane la bicicletta polverosa: arriva ansante quasi venga
dall'altro capo del mondo e dopo aver gettato da lontano un
involto al servo si butta per terra lungo disteso come morto.

E di un morto aveva il viso pallido, le labbra grigie; ma un tremito gli agitava la spalla sinistra, tanto che Efix spaventato trasse di tasca un tubetto di vetro, fece cadere sulla palma della mano due pastiglie di chinino e gliele mise in bocca.

– Mandale giù. Hai la febbre!

Giacinto ingoiò le pastiglie e senza sollevarsi si strinse la testa fra le mani.

– Come sono stanco, Efix! Sì, ho la febbre: l'ho presa, sì! Come si fa a non prenderla, in questo maledetto paese? Che paese! – aggiunse come parlando fra sé, stanco. – Si muore: si muore...

– Alzati, – disse Efix, curvo su lui. – Non star lì: l'aria della sera fa male.

– Lasciami crepare, Efix! Lasciami! Che caldo! Non ho mai conosciuto un caldo simile: almeno da *noi* si facevano i bagni...

Che dirgli, per confortarlo? «Perché non sei rimasto *là?*» Efix sentiva troppa pietà di tanta miseria prostrata davanti a lui, per parlare così.

– Che hai fatto oggi? – domandò sottovoce.

– E cosa vuoi che faccia? Non c'è niente da fare! Scender qui a portarti il pane, tornar là a portare l'erba! E *loro* che vivono come tre mummie! Zia Noemi oggi però s'è inquietata un poco, perché zia Ester mi diceva che non riesce a metter su i denari per l'imposta. Si capisce! Spendono per me, e da me non vogliono niente! Io dissi a zia Ester: non preoccupatevi, andrò io dall'esattore. – Una furia, zia Noemi! Aveva gli occhi come un gatto arrabbiato. Non la credevo così collerica. Ebbene, mi disse persino: coi tuoi denari, se ne hai, compra un'altra fisarmonica a Grixenda. – Che male c'è, Efix, s'io vado da quella ragazza? Dove si va, se no? Zio Pietro mi porta alla bettola, e a me non piace il vino, lo sai; il Milese vuole che io giochi (così s'è fatto la fortuna, lui!) ed a me non piace giocare. Vado là, dalla ragazza, perché è buona, e la vecchia dice cose divertenti. Che male c'è, dimmi. Dimmi?

Lo guardava di sotto in su, supplichevole, con gli occhi dolci lucidi alla luna. Efix aveva preso l'involto del pane, ma non poteva mangiare; sentiva la gola stretta da un'angoscia profonda.

– Nessun male! Ma la ragazza, benché buona, è povera e non è degna di te.

– L'amore non conosce né povertà né nobiltà. Quanti signori non han sposato ragazze povere? Che ne sai tu? più di un lord inglese, più di un milionario d'America han sposato serve, maestre, cantanti... perché? Perché amavano. E quelli son ricchi: sono i re del petrolio, del rame, delle conserve! Chi sono io, al loro confronto? E le donne? Le principesse russe, le americane, chi sposano? Non s'innamorano di poveri artisti e persino dei loro cocchieri e dei loro servi? Ma tu che cosa puoi sapere?

Efix stringeva fra le mani un pezzo di pane e gli sembrava di stringere il suo cuore tormentato dai ricordi.

– Eppoi dicono di credere in Dio, loro! Perché non mi lasciano sposare la donna che amo?

– Taci, Giacinto! Non parlare così di loro! Esse vogliono il tuo bene.

– Allora mi lascino formare la mia famiglia. Io, magari, porterò Grixenda in casa loro ed essa le aiuterà. Ormai esse sono vecchie. Io lavorerò. Andrò a Nuoro, comprerò formaggio, bestiame, lana, vino, persino legna, sì: perché adesso, con la guerra, tutto ha valore. Andrò a Roma e offrirò la merce al Ministero della Guerra. Sai quanto c'è da guadagnare?

– Ma! E i capitali?

– Non ci pensare, li ho. Basta mi lascino in pace, loro. Io

non sono venuto per sfruttarle né per vivere alle loro spalle.
Ah, ma zia Noemi è terribile! – egli gemette a un tratto, nascondendosi il viso fra le mani. – Ah, Efix, sono così amareg-
giato! Eppoi mi fa tanta vergogna vederle così misere; vederle
vender di nascosto le patate, le pere e i pomi ai bambini che
entrano piano piano nel cortile, col soldo nel pugno, e domandando la roba sottovoce quasi si tratti di cosa rubata! Mi
vergogno, sì! Questo deve cessare. Esse torneranno quelle che
erano, se mi lasceranno fare. Se zia Noemi sapesse il bene che
le voglio non farebbe così...

– Giacinto! Dammi la mano: sei bravo! – disse Efix commosso.

Tacquero, poi Giacinto riprese a parlare con una voce te-
nue, dolce, che vibrava nel silenzio lunare come una voce
infantile.

– Efix, tu sei buono. Ti voglio raccontare una cosa acca-
duta ad un mio amico. Era impiegato con me alla Dogana.
Un giorno un ricco capitano di porto in ritiro, un buon signore grosso ma ingenuo come un bambino, venne per fare
un pagamento. Il mio amico disse: Lasci i denari e torni più
tardi per la ricevuta che dev'essere firmata dal superiore. Il
capitano lasciò i denari; il mio amico li prese, andò fuori, li
giocò e li perdette. E quando il capitano tornò, il mio amico disse che non aveva ricevuto nulla! Quello protestò, andò
dai superiori; ma non aveva la ricevuta e tutti gli risero in
faccia. Eppure il mio amico fu cacciato via dal posto... sì,
saranno quattro mesi... sì, ricordo, in carnevale. Egli andò a
ballare. Si stordiva, beveva: non aveva più un soldo. Uscendo
dal ballo prese una polmonite e cadde su una panchina di
un viale. Lo portarono all'ospedale. Quando uscì, debole e
sfinito, non aveva casa, non aveva pane. Dormiva sotto gli
archi del porto, tossiva e faceva brutti sogni: sognava sempre

il capitano che lo inseguiva, lo inseguiva... come nelle scene del cinematografo. Ed ecco una sera, ecco proprio il capitano che va a cercarlo sotto gli archi del porto. L'amico credeva di sognare ancora; ma l'altro gli disse: sa, è da un pezzetto che la cerco. So che è fuori di posto per via del versamento, ma a me preme che i suoi superiori e tutti sappiano la verità. È meglio anche per lei: dica in sua coscienza: li ho versati o no, i denari? – L'amico rispose: sì. – Allora il capitano disse: – Cerchiamo di aggiustare le cose. Io non voglio rovinarla: venga a casa mia, ecco il mio indirizzo: venga domani e assieme andremo dai suoi superiori. – Va bene! Ma l'indomani né poi l'amico andò. Aveva paura. Aveva paura. Eppoi il tempo era orribile ed egli non si muoveva di là. Tossiva e un facchino gli portava di tanto in tanto un po' di latte caldo. Che tempo era! Che tempo! – ripeté Giacinto, e sollevò il viso guardandosi attorno quasi per accertarsi che la notte era bella.

Efix ascoltava, col gomito sul ginocchio e il viso sulla mano, come i bambini intenti alle fiabe.

– Ma un giorno mi decisi e andai...

Silenzio. Il viso dei due uomini si coprì d'ombra ed entrambi abbassarono gli occhi. La spalla di Giacinto tremava convulsa; ma egli la sollevò e la scosse come per liberarsi dal tremito, e riprese con voce più dura:

– Sì, ero io, tu avevi capito. Andai dal capitano. Non era in casa, ma la cameriera, una ragazza pallida che parlava sottovoce, mi fece aspettare in anticamera. La stanza era quasi buia, ma ricordo che quando un uscio s'apriva il pavimento rosso luccicava come lavato col sangue. Aspettai ore ed ore. Finalmente il capitano tornò; era con la moglie, grossa come lui, bonaria come lui. Sembravano due bambini enormi; ridevano rumorosamente. La signora aprì gli usci per vedermi bene: io tossivo e sbadigliavo. Si accorsero che avevo fame e m'invitarono ad entrare nella sala da pranzo. Io, ricordo, mi alzai, ma ricaddi seduto battendo la testa alla spalliera della cassapanca. Non ricordo altro. Quando rinvenni ero a letto, in casa loro. La cameriera mi portava una tazza di brodo su un vassoio d'argento e mi parlava con grande rispetto. Rimasi là più di un mese, Efix, capisci: quaranta giorni. Mi curarono, cercarono di rimettermi a posto; ma il posto era difficile trovarlo perché tutti ormai sapevano la mia storia. D'altronde anch'io volevo andarmene lontano, al di là del mare. Ciò che io ho sofferto durante quel tempo nessuno può saperlo: il capitano, sua moglie, la serva io li vedo sempre in sogno; li vedo anche nella realtà, anche adesso, lì, davanti a me. Essi erano buoni, ma io vorrei sprofondarmi per non vederli più. E il peggio è che non potevo andarmene da casa loro. Stavo lì, istupidito, seduto immobile ad ascoltare la signora che parlava parlava parlava, o in compagnia della serva che taceva: sedevo a tavola con loro, li sentivo scherzare, far progetti per me, come fossi un loro figliuolo, e tutto mi dava pena, mi umiliava, eppure non potevo andarmene. Finalmente un giorno la signora, vedendomi completamente guarito, mi domandò che intenzioni avevo. Io dissi che volevo venire qui dalle mie zie, di cui avevo parlato come di persone benestanti. Allora mi comprarono il biglietto per il viaggio e mi regalarono anche la bicicletta. Io capii ch'era tempo d'andarmene e partii: venni qui. Che liberazione, in principio! Ma adesso, in casa delle zie, sono ancora come là... e non so...

Un grido che aveva qualche cosa di beffardo attraversò il silenzio del ciglione, sopra i due uomini, e Giacinto balzò sorpreso credendo che qualcuno avesse ascoltato il suo racconto e lo irridesse: ma vide una piccola forma grigia lunga, seguita da un'altra più scura e più corta, balzare come volando da una macchia all'altra intorno alla capanna e sparire senza neppur lasciargli tempo di raccattare un sasso per colpirla.

Anche Efix s'era alzato.

– Son le volpi, – disse sottovoce. – Lasciale correre: fanno all'amore. Sembrano folletti, alle volte, – riprese mentre Giacinto si buttava di nuovo per terra silenzioso. – Hai veduto com'eran lunghe? Mangiano l'uva acerba come diavoli...

Ma Giacinto non parlava più. Ed Efix non sapeva cosa dire, se pregarlo di riprendere il racconto, se confortarlo, se commentare in bene o in male quanto aveva sentito. Ecco perché era stato triste, tutto il giorno, ecco come vanno le cose della vita! Ma che dire? In fondo era contento che il passaggio delle volpi avesse fatto tacere Giacinto; tuttavia qualche cosa bisognava pur dire.

– Dunque... quel capitano? Si vede che era uomo savio: capiva che la gioventù... la gioventù... è soggetta all'errore... Eppoi quando si è orfani! Su, alzati; vuoi mangiare?

Entrò nella capanna e tornò sbucciando una cipolla: Giacinto stava immobile, abbattuto, forse pentito della sua confessione, ed egli non osò più parlare.

L'odore della cipolla si mischiava al profumo delle erbe intorno, della vite e della salsapariglia; le volpi ripassarono. Efix cenò ma il pane gli parve amaro. E due o tre volte tentò di dire qualche cosa; ma non poteva, non poteva; gli sembrava un sogno. Finalmente scosse Giacinto, tentò di sollevarlo, gli disse con dolcezza:

– Su, vieni dentro! La febbre è in giro...

Ma il corpo del giovine sembrava di bronzo, steso grave aderente alla terra dalla quale pareva non volesse più staccarsi.

Efix rientrò nella capanna, ma tardò a chiudere gli occhi, e anche nel sonno aveva l'idea tormentosa di dover commentare il racconto di Giacinto, non sapeva però come, se in bene o in male.

«Devo dirgli: ebbene, coraggio, ti emenderai! Dopo tutto

eri un ragazzo, un orfano...»

Ma sognò Noemi che lo guardava coi suoi occhi cattivi, e gli diceva sottovoce, a denti stretti:

«Lo vedi? Lo vedi che razza di uomo è?»

Si svegliò con un peso sul cuore; benché fosse notte ancora si alzò, ma Giacinto se n'era già andato.

Per molti giorni non si lasciò più vedere, tanto che Efix cominciò a inquietarsi, anche perché gli ortaggi e i pomi si ammucchiavano all'ombra della capanna e nessuno veniva a prenderli.

Ogni sera don Predu, che possedeva grandi poderi verso il mare, passava di ritorno al paese, e se vedeva il servo tendeva l'indice verso la terra delle sue cugine e poi si toccava il petto per significare che aspettava l'espropriazione e il possesso del poderetto; ma Efix, abituato a quella mimica, salutava, e a sua volta accennava di no, di no, con la mano e con la testa.

Dopo la confessione di Giacinto s'inquietava però vedendo don Predu; gli sembrava più beffardo del solito.

Una sera aspettò accanto alla siepe, e gli chiese:

– Don Predu, mi dica, ha veduto il mio padroncino? L'altra sera venne qui che aveva la febbre e adesso sto in pensiero per lui.

Don Predu rise, dall'alto del cavallo, col suo riso forzato a bocca chiusa, a guance gonfie.

– Ieri sera l'ho veduto a giocare dal Milese. E perdeva, anche!

– Perdeva! – ripeté Efix smarrito.

– Come lo dici! Vuoi che vinca sempre?

– A me disse che non giocava mai...

– E tu lo credi? Non dice una verità neanche se gli dai una fucilata. Ma non è cattivo: dice le bugie, così perché gli sembran verità, come i bambini.

– Come un bambino davvero...

– Un bambino che ha tutti i denti però! E come mastica! Vi mangerà anche il poderetto. Efix, ricordati: son qua io! Se no, bastonate...

Efix lo guardava dal basso, spaurito; e il grosso uomo a cavallo gli sembrava, nel crepuscolo rosso, un uccello di malaugurio, uno dei tanti mostri notturni di cui aveva paura.

– Gesù? salvaci. Nostra Signora del Rimedio, pensa a noi...

Don Predu s'era già allontanato, quando Efix lo raggiunse nello stradone porgendogli con tutte e due le mani un cestino colmo di pomi e di ortaggi.

– Don Predu, mandi questo con la sua serva alle mie padrone. Io non posso abbandonare il poderetto... e don Giacinto non viene...

Da prima l'uomo lo guardò sorpreso; poi un sorriso benevolo gli increspò le labbra carnose. Sollevò una gamba e disse:

– Guarda lì c'è posto.

Efix cacciò il cestino entro la bisaccia, e mentre don Predu andava via senza dir altro, se ne tornò su alla capanna: aveva paura che le padrone lo sgridassero; sapeva d'aver commesso un atto grave, forse un errore; ma non si pentiva. Una mano misteriosa lo aveva spinto, ed egli sapeva che tutte le azioni compiute così, per forza sovrannaturale, sono azioni buone.

Aspettò Giacinto fino al tardi. La luna piena imbiancava la valle, e la notte era così chiara che si distingueva l'ombra d'ogni stelo. Persino i fantasmi, quella notte, non osavano uscire, tanta luce c'era: e il mormorio dell'acqua era solitario, non accompagnato dallo sbatter dei panni delle *panas*. Anche i fantasmi avevan pace, quella notte. Il servo solo non poteva dormire. Pensava alla storia di Giacinto e del capitano di porto, e provava un senso d'infinita dolcezza, d'infinita tristezza.

Tutti, nel mondo, pecchiamo, più o meno, adesso, o prima o poi: e per questo? Il capitano non aveva perdonato?
Perché non dovevano perdonare anche gli altri? Ah, se tutti si
perdonassero a vicenda! Il mondo avrebbe pace: tutto sarebbe
chiaro e tranquillo come in quella notte di luna.

S'alzò e andò a fare un giro nel poderetto. Sì, sul sentie-
ruolo bianco si disegnava anche l'ombra dei fiori: le foglie dei
fichi d'India avevano le spine, nell'ombra, e dove l'acqua era
ferma, giù al fiume, si vedevano le stelle.

Ma ecco un'ombra che si muove dietro la siepe, fra gli
ontani: è un animale deforme, nero, con le gambe d'argento:
scricchiola sulla sabbia, si ferma.

Efix corse giù; gli sembrava di volare.

– Sei tu! Sei tu? M'hai spaventato.

Giacintino si tirò a fianco la bicicletta e lo seguì silenzioso;
ma ancora una volta, arrivati davanti alla capanna si buttò a
terra gemendo:

– Efix, Efix, non ne posso più... Che hai fatto! Che hai
fatto!

– Che ho fatto?

– Non so bene neppur io. È venuta la serva di zio Pietro,
portando un cestino, dicendo che lo avevi consegnato tu al
suo padrone. C'erano zia Ruth e zia Noemi in casa, poiché zia
Ester era alla novena: presero il cestino e ringraziarono la serva, e le diedero anche la mancia; ma poi zia Noemi fu colta da
uno svenimento. E zia Ruth la credeva morta, e gridò. Corsero a chiamare zia Ester; ella venne spaventata, e per la prima
volta anche lei mi guardò torva e mi disse che son venuto per
farle morire. Oh Dio, Dio, oh Dio, Dio! Io bagnavo il viso
di zia Noemi con l'aceto e piangevo, te lo giuro sulla memoria di mia madre; piangevo senza sapere perché. Finalmente

zia Noemi rinvenne e mi allontanò con la mano; diceva: era meglio fossi morta, prima di questo giorno. Io domandavo: perché? perché, zia Noemi mia, perché? E lei mi allontanava con una mano, nascondendosi gli occhi con l'altra. Che pena! Perché son venuto, Efix? Perché?

Il servo non sapeva rispondere. Adesso vedeva, sì, tutto l'errore commesso, consegnando il cestino a don Predu e pensava al modo di rimediarvi, ma non vedeva come, non sapeva perché, e ancora una volta sentiva tutto il peso delle disgrazie dei suoi padroni gravare su lui.

– Sta quieto, – disse infine. – Tornerò io domani al paese e rimedierò tutto.

Allora Giacinto riprese:

– Tu devi dire alle zie che non son stato io a consigliarti di incaricare zio Pietro della consegna del cestino. Esse credono così. Esse credono, e zia Noemi specialmente, che io cerchi l'amicizia di zio Pietro per far dispetto a loro. Io sono amico di tutti; perché non dovrei esserlo di zio Pietro? Ma le zie sanno che egli vuole comprare il poderetto. Che colpa ne ho io? Sono io che voglio venderlo, forse?

– Nessuno vuol venderlo. Perché parlare di queste cose? Ma tu, anima mia, tu... tu l'altra sera dicevi questo, dicevi quest'altro: promettevi mari e monti, per far felici le tue zie; e ieri sera, invece, sei andato a giocare...

– Giocando tante volte si guadagna. Io voglio guadagnare, appunto per *loro*: no, non voglio più essere a carico loro. Voglio morire... Vedi, – aggiunse sottovoce – adesso, dopo la scena di oggi, mi pare di essere ancora nella casa del capitano... Dio mi aiuti, Efix!

Efix ascoltava con terrore: sentiva d'essere di nuovo davanti al destino tragico della famiglia alla quale era attaccato come il musco alla pietra, e non sapeva che dire, non sapeva che fare.

– Oh, – sospirò profondamente Giacinto. – Ma di qui me
ne vado certo; non aspetto che mi caccino via! Sono senza
carità, le mie zie, specialmente zia Noemi. Non m'importa,
però: essa non ha perdonato mia madre; come può perdonare
me? Ma io, ma io...

Abbassò la testa e trasse di saccoccia una lettera.

– Vedi, Efix? So tutto. Se zia Noemi non ha perdonato
mia madre dopo questa lettera, come può aver l'animo buono? Tu lo sai cosa c'è, in questa lettera, l'hai portata tu, a zia
Noemi. Ed io gliel'ho presa: stava sul lettuccio, il giorno del
mio arrivo: io ne lessi qualche riga, poi la presi dall'armadio,
oggi... È mia; è di mia madre; è mia... Non è degna di stare
là questa lettera...

– Giacinto! Dammela! – disse Efix stendendo le mani. –
Non è tua! Dammela: la riporterò io, alle mie padrone.

Ma Giacinto stringeva la lettera fra le palme delle mani
e scuoteva la testa. Efix cercò di prendergliela: supplicava,
pareva domandasse un'elemosina suprema.

– Giacinto, dammela. La riporterò io, la rimetterò nell'armadio. Parlerò io con loro, metterò pace. Tu aspettami qui.
Ma dammi la lettera.

Giacinto lo guardò. La sua spalla tremava, ma gli occhi
erano freddi, quasi crudeli. Allora Efix balzò, gli gravò le
mani sulle spalle, gli sibilò all'orecchio una parola.

– Ladro!

Giacinto ebbe l'impressione di essere assalito da un avvoltoio; aprì le mani e la lettera cadde per terra.

CAPITOLO VII

All'alba Efix s'avviò al villaggio.

Gli usignoli cantavano, e tutta la valle era color d'oro – un oro azzurrognolo per il riflesso del cielo luminoso. Qualche figura di pescatore si disegnava immobile come dipinta in doppio sul verde della riva e sul verde dell'acqua stagnante fra i ciottoli bianchi.

Benché fosse presto, quando arrivò al villaggio, Efix vide l'usuraia filare nel suo cortile, fra i porcellini grassi e i colombi in amore, e la salutò accennandole che sarebbe passato più tardi; ma ella rispose agitando il fuso: ella poteva aspettare, non aveva fretta.

Più su, ecco zia Pottoi, con una ciotola di latte per la colazione dei ragazzi. Efix cercò di passare oltre, ma la vecchia cominciò a parlar alto ed egli dovette fermarsi per ascoltarla.

– Ebbene, che ti ho fatto? Perché i ragazzi si voglion bene, dobbiamo odiarci noi, vecchi?

– Ho fretta, comare Pottoi.

– Lo so, c'è chiasso, in casa delle tue padrone. Ma la colpa non è mia. Io ci perdo, in questa occasione. Il tuo padroncino vuole che Grixenda stia a casa, che non vada più scalza, che non vada più a lavare. Io devo fare la serva; ma lo faccio con piacere poiché si tratta di render felici i ragazzi...

– Signore, aiutaci! – sospirò Efix. – Lasciatemi, comare Pottoi. Pregate Cristo, pregate Nostra Signora del Rimedio...

– Il rimedio è in noi – sentenziò la vecchia. – Cuore, bisogna avere, null'altro...

– Cuore, bisogna avere – ripeteva Efix fra sé, entrando dalle sue padrone.

Tutto era silenzio e sole nel cortile: fiorivano i gelsomini sopra il pozzo e le ossa dei morti fra l'erba d'oro dell'antico cimitero. Il Monte circondava col suo cappuccio verde e bianco la casa; una colonnina istoriata era caduta dal balcone e giaceva in mezzo ai sassolini come l'avanzo di un razzo. Tutto era silenzio. Efix entrò e vide che il cestino mandato da lui con don Predu era quasi vuoto sopra il sedile, segno che gli ortaggi eran già stati venduti: rimanevano solo i pomini gialli di San Giovanni: gli parve quindi di aver sognato. Sedette e domandò:

– Dove son le altre? Che è accaduto?

– Ester è a messa, Noemi è su, – disse donna Ruth, curva a preparare il caffè.

E non disse altro, finché non arrivarono le sorelle, donna Ester col dito fuori dell'incrociatura dello scialle, Noemi pallida silenziosa con le palpebre violette abbassate.

Efix non osava guardarle; s'alzò rispettoso davanti a loro che prendevano posto sul sedile, e solo dopo che donna Ester ebbe domandato:

– Efix, sai che succede? – egli sollevò gli occhi e vide che Noemi lo fissava come il giudice fissa l'accusato.

– Lo so. La colpa è mia. Ma l'ho fatto a scopo di bene.

– Tu fai tutto, a scopo di bene! Sarebbe bella che lo facessi a scopo di male, anche! Ma intanto...

– Ebbene, non era poi un nemico! È un parente, alla fine!

– Gente tua, morte tua, Efix!

– Ebbene, non accadrà più, vuol dire!

– È partito? – domandò allora donna Ester, turbandosi.

– Partito? Don Predu? Dove?

– Chi parla di Predu? Io parlavo di quel disgraziato.

Efix guardò il cestino.

– Io volevo dire per don Predu... per quello che ho fatto ieri.

Noemi sorrise, ma un sorriso che le torse la bocca e l'occhio verso l'orecchio sinistro.

– Efix, – disse con voce aspra, – noi parliamo di Giacinto. Tu, quando si trattava di farlo venire, dicesti: «Se si comporta male penso io a mandarlo via». Hai sì o no detto questo?

– Lo dissi.

– E allora tieni la promessa. Giacinto è la nostra rovina.

Efix abbassò un momento la testa: arrossiva e aveva vergogna di arrossire, ma subito si fece coraggio e domandò:

– Posso dire una parola? Se è mal detta è come non detta.

– Parla pure.

– Il ragazzo a me non sembra cattivo. È stato finora mal guidato: ha perduto i genitori nel peggior tempo per lui, ed è rimasto come un bambino solo nella strada e s'è perduto. Bisogna ricondurlo nella buona via. Adesso, qui, in paese, non sa che fare; ha la febbre, s'annoia, va perciò a giocare e a fare all'amore. Ma ha idee buone, è beneducato. Vi ha mancato mai di rispetto?...

– Questo no... – proruppe donna Ester, e anche donna Ruth fece cenno di no. Ma Noemi disse con voce amara, stringendo lentamente i pugni e stendendoli verso Efix:

– Dacché è venuto non ha fatto altro che mancarci di rispetto. Già, è venuto senza dir nulla... Appena arrivato ha fatto relazione con tutta la gente che ci disprezza. Poi s'è messo a far all'amore con la ragazza della peggior razza di Galte. Una che va scalza al fiume! Ed è stato ozioso, e vive nel vizio, tu stesso lo dici. Se questo non è mancare di rispetto a noi, alla casa nostra, che cos'è? Dillo tu, in tua coscienza...

– È vero – ammise Efix. – Ma è un ragazzo, ripeto. Bisognerebbe aiutarlo, cercargli un'occupazione. Poi vorrei dire un'altra cosa...

– E parla pure! – disse Noemi, ma con tale disprezzo ch'egli si sentì gelare. Tuttavia osò:

– Io credo che gli gioverebbe aver famiglia propria. Se ama davvero quella ragazza... perché non lasciargliela sposare?...

Noemi balzò su, appoggiando le gambe tremanti al sedile.

– Ti ha pagato, per parlare così?

Allora egli ebbe il coraggio di guardarla negli occhi, e una risposta sola: «io non sono avvezzo a esser pagato» gli riempì la bocca di saliva amara; ma ringhiottì parole e saliva perché vedeva donna Ester tirar la giacca di Noemi, e donna Ruth pallida guardarlo supplichevole, e capiva ch'esse tutte indovinavano la sua risposta, e sapevano che non era un servo da esser pagato lui; o meglio, sì, un servo, ma un servo che nessun compenso al mondo poteva retribuire.

– Donna Noemi! Lei dice cose che non pensa, donna Noemi! Suo nipote non ha denari, per potermi pagare, e quando anche ne avesse non gli basterebbero! – disse tuttavia, vibrante di rancore, e Noemi tornò a sedersi, posando le mani sulle ginocchia quasi per nascondere il tremito.

– In quanto a denari ne ha! Non suoi, ma ne ha.

– E chi glieli dà?

Sei occhi lo fissarono meravigliati: Noemi tornò a sogghignare; ma donna Ester posò una mano sulla mano di lei e parlò con dolcezza.

– Egli prende i denari da Kallina. Noi credevamo che tu lo sapessi, Efix! Prende i denari da Kallina, a usura, e Predu gli ha firmato qualche cambiale perché spera di toglierci il poderetto. Comprendi!

Egli comprendeva. A testa curva, a occhi chiusi, livido, apriva e chiudeva i pugni spaventato e non gli riusciva di rispondere.

– E loro credevano ch'io sapessi? E come?... e perché?...
– si domandava.

– Sì, – disse Noemi con crudeltà. – Noi credevamo che tu
lo sapessi, non solo, ma che gli facessi garanzia presso la tua
amica Kallina...

– La mia amica? – egli gridò allora aprendo gli occhi
spauriti. E vide rosso. Gridò ancora qualche parola, ma senza
sapere quel che diceva, e corse via agitando la berretta come
andasse a spegnere un incendio.

Si trovò nel cortiletto dell'usuraia.

Tutto era pace là dentro come nell'arca di Noè. Le colombe bianche tubavano, con le zampe di corallo posate sull'architrave della porticina sotto un tralcio di vite che gettava
una ghirlanda d'oro sulla sua ombra nera; e in questa cornice
l'usuraia filava, coi piccoli piedi nudi entro le scarpette ricamate, il fazzoletto ripiegato sulla testa.

Lo spasimo di Efix turbò la pace del luogo.

– Dimmi subito come va l'affare di don Giacinto.

L'usuraia sollevò le sopracciglia nude e lo guardò placida.

– Ti manda lui?

– Mi manda il boia che ti impicchi! Parla, e subito, anche.

Con un gesto minaccioso le fermò il fuso ed ella ebbe
paura ma non lo dimostrò.

– Ti mandano le tue dame, allora? Ebbene, dirai loro che
non si prendano pensiero. C'è tempo, a pagare, non ho fretta.
In tutto ho dato quattrocento scudi, al ragazzo. Egli cominciò
a chiedermi i quattrini quando eravamo alla festa. Voleva far
bella figura. Diceva che aspettava denari dal Continente. Mi
rilasciò una cambiale firmata da don Predu. Come potevo dire
di no? Dopo, ritornò, qui. Mi disse che i denari del Continente li aveva giocati col Milese e li aveva perduti. Io gli dissi
che portavo la cambiale da don Predu: allora si spaventò e me

ne portò un'altra firmata da donna Ester. Allora gli diedi altri denari. Come potevo dire di no? Tu non sapevi nulla? – ella concluse riprendendo a filare.

Efix era annientato. Ricordava che donna Ester aveva di nascosto scritto a Giacinto di venire; di nascosto poteva anche aver firmato la cambiale. Come avrebbero pagato? Gli pareva di non potersi più muovere, d'aver le gambe gonfie, pesanti di tutto il sangue che gli calava giù lasciandogli vuoto il cuore e la testa e le mani inerti. Come avrebbero pagato?

E l'usuraia filava e le colombe tubavano, e le galline beccavano le mosche sulla pancia rosea dei porcellini stesi al sole: tutto il mondo era tranquillo. Lui solo spasimava.

– Ah, dunque non lo sapevi? Io credevo che parte del denaro l'avessero tenuto loro, le dame, per pagarti. Anzi volevo proporre a don Giacinto di scontare i dieci scudi che tu mi devi, ma in fede mia poi ho pensato che non andava bene: se però, rinnovando la cambiale, vogliamo fare tutto un conto...

Efix fece uno sforzo per muoversi: si strappò di nuovo la berretta dal capo e cominciò a sbattergliela sul viso, pazzo di disperazione.

– Ah, maledetta tu sii... ah, che il boia t'impicchi... ah, che hai fatto?

Nel cortiletto fu tutto un subbuglio; le colombe volarono sul tetto, i gatti s'arrampicarono sui muri; solo la donna taceva per non far accorrere gente, ma si curvò per sfuggire ai colpi e si difese col fuso, balzando, indietreggiando, e quando fu dentro la cucina si volse verso l'angolo dietro la porta, afferrò con tutte e due le mani un palo di ferro e si drizzò, ferma contro la parete, terribile come una Nemesi con la clava.

E fu lei allora a far indietreggiare l'uomo, dicendogli sottovoce, minacciosa:

– Vattene, assassino! Vattene...

Egli indietreggiava.

– Vattene! Che vuoi da me, tu? Vengo io, a cercarvi, forse? Venite voi tutti, da me, quando la fame o i vizi vi spingono. È venuto don Zame, son venute le sue figlie, è venuto suo nipote. Sei venuto anche tu, assassino! E quando avete bisogno siete buoni, e poi diventate feroci come il lupo affamato. Vattene...

Efix era sulla porta: ella lo incalzava.

– Anzi ti devo dire che non voglio più pazientare, giacché mi trattate così. O alla scadenza, in settembre, mi pagate, o protesto la cambiale. E se la firma è falsa, metto il ragazzo in prigione. Va!

Egli se ne andò. Ma non tornò a casa; andava andava per il paesetto deserto sotto il sole: inciampava nelle pietre vulcaniche sparse qua e là, e gli pareva che il terremoto ricordato dalla tradizione fosse avvenuto quella mattina stessa.

Egli s'aggirava tra le rovine; e gli sembrava di aver l'obbligo di scavare, di ritrarre i cadaveri dalle macerie, i tesori di sottoterra, ma di non potere, così solo com'era, così debole, così incerto sul punto da incominciare.

Passando davanti alla Basilica vide ch'era aperta ed entrò. Non c'era messa, ma la guardiana puliva la chiesa, e s'udiva il frusciar della scopa, nel silenzio della penombra, come se le antiche castellane vi passassero coi loro vestiti di broccato dallo strascico stridente.

Efix s'inginocchiò al solito posto sotto il pulpito, appoggiò la testa alla colonna e pregò. Il sangue tornava a circolargli nelle vene, ma caldo e pesante come lava; la febbre lo pungeva tutto, i raggi obliqui di polviscolo argenteo che cadevano dal tetto in rovina gli parevano buchi bianchi sul pavimento nero, e le figure pallide dei quadri guardavano tutte giù, si curvavano, stavano per staccarsi e cadere.

La Maddalena si spinge in avanti, affacciata alla sua cornice nera sul limite dell'ignoto. L'amore, la tristezza, il rimorso e la speranza le ridono e le piangono negli occhi profondi e sulla bocca amara.

Efix la guarda, la guarda, e gli sembra di ricordare una vita anteriore, remotissima, e gli sembra che ella gli accenni di accostarsi, di aiutarla a scendere, di seguirla...

Chiuse gli occhi. La testa gli tremava. Gli pareva di camminare con lei sulla sabbia lungo il fiume, sotto la luna: andavano, andavano, silenziosi cauti; arrivavano allo stradone accanto al ponte. Laggiù la sua visione si confondeva. C'era un carro su cui Lia sedeva, nascosta in mezzo a sacchi di scorza. Il carro spariva nella notte, ma sul ponte, sotto la luna, rimaneva don Zame morto, steso sulla polvere, con una macchia gonfia violetta come un acino d'uva sulla nuca. Efix s'inginocchiava presso il cadavere e lo scuoteva. « – Don Zame, padrone mio, su, su! Le sue figliuole l'aspettano.»

Don Zame restava immobile.

E singhiozzò così forte che la guardiana s'accostò a lui con la scopa.

– Efix, che hai? Stai male?

Egli spalancò gli occhi spauriti e gli parve di vedere ancora Kallina col palo che gli gridava: «Assassino!»

– Ho la febbre... mi par di morire. Vorrei confessarmi...

– E vieni proprio qui? Se non ti confessi col Cristo! – mormorò la guardiana sorridendo ironica; ma Efix appoggiò di nuovo la fronte alla colonna del pulpito e con gli occhi sollevati verso l'altare cominciò a balbettare confuse parole; grosse lagrime gli cadevano lungo il viso, deviavano verso il mento tremulo, cadevano goccia a goccia fino a terra.

Giacinto lo aspettava sdraiato davanti alla capanna.

Appena lo vide venir su, con in mano il cestino che sebbene

vuoto pareva lo tirasse giù verso la terra, capì che si *sapeva tutto*. Meglio! Così poteva liberarsi d'una parte del peso che lo schiacciava, la più vergognosa: il silenzio.

– Raccontami, – disse mentre Efix sedeva al solito posto senza abbandonare il cestino. – Racconta! – ripeté più forte, poiché l'altro taceva. – Adesso?

Efix sospirò.

– E adesso? Le mie padrone si sono un po' calmate perché ho promesso di cacciarti via, intendi? Esse credono che le cambiali son davvero firmate da don Predu ed io non ho avuto il coraggio di dir loro la verità perché le firme sono false, vero? Ah, sì, è vero? Ah, Giacinto, anima mia, che hai fatto! E adesso? Andrai a Nuoro? Lavorerai? Pagherai?

– È tanto... è una somma grossa, Efix... Come fare?

Ma Efix gli parlava sottovoce, curvo su lui delirante:

– Va, figlio di Dio, va! Io avrei voluto che tu non andassi, ma se io stesso ti dico d'andartene è perché non c'è altra salvezza. Ricordati le cose belle che dicevi, l'altra sera. Dicevi: voglio che le zie stian bene, voglio che la casa risorga... Queste cose le pensavo anch'io, quando tu dovevi venire. E invece! Invece, se tu non paghi, l'usuraia metterà all'asta il poderetto o ti caccerà in carcere per le firme false; e *loro* dovranno domandare l'elemosina... Questo hai fatto tu, questo! So che non l'hai fatto per male. Tu che promettevi, l'altra sera, tante cose belle, tu, figlio di Dio...

La spalla di Giacinto ricominciò a tremare. Sollevò il viso, sotto il viso reclinato di Efix, e si guardarono disperati.

– Non l'ho fatto per male. Volevo guadagnare. Ma come si fa, in questo paese? Tu lo sai, tu che sei rimasto così... così... miserabile...

– Le zie non rimetteranno un soldo, – riprese, dopo un momento di silenzio ansioso. – C'è, sì, anche la firma di zia

Ester; l'ho dovuta far io perché... l'usuraia non mi dava credito. Ma io pagherò, vedrai: e se no, andrò in carcere. Non
importa.

– In carcere? No, questo non lo permetterò, no.

– Tu, dunque, Efix, hai denari?

– Se ne avessi non sarei qui spezzato! Avrei già ritirato le
cambiali...

– Che fare, Efix, allora? Che fare?

– Ebbene, senti: tu andrai ancora dall'usuraia e ti farai
dare cento lire per recarti a Nuoro. Là cercherai il posto.
L'importante è di cambiar strada, adesso; di sollevarti una
buona volta. Intendi?

Ma Giacinto, che fino all'ultimo momento aveva sperato
nell'aiuto del servo, non rispose, non parlò più. Ripiegato su
se stesso come una bestia malata, sentiva le cavallette volare
crepitando tra le foglie secche e seguiva con uno sguardo
stupido lo sbattersi delle loro ali iridate. Due gli caddero sulla
mano, intrecciate, verdi e dure come di metallo. Egli trasalì.
Pensò a Grixenda, pensò che doveva partire e non rivederla
più, così povero da rinunziare anche a una creatura così povera. E affondò il viso tra l'erba, singhiozzando senza piangere,
con le spalle agitate da un tremito convulso.

CAPITOLO VIII

Era un giovedì sera e l'usuraia non filava per timore della *Giobiana*, la *donna del giovedì*, che si mostra appunto alle filatrici notturne e può loro cagionare del male.

Pregava, invece, seduta sullo scalino della porta sotto la ghirlanda della vite argentea e nera, alla luna: e ogni volta che guardava intorno le sembrava ancora di vedere, qua e là sulla muraglia dei fichi d'India, gli occhi di Efix verdi scintillanti d'ira. Eran le lucciole.

Eran le lucciole: ma anche lei credeva alle cose fantastiche, alla vita soprannaturale degli esseri notturni e ricordava che da ragazzetta, quando era povera e andava a chieder l'elemosina ed a raccogliere sterpi sotto le rovine del castello, e la fame e la febbre di malaria la perseguitavano come cani arrabbiati, una volta mentre scendeva fra i ciottoli, acuti come coltelli, in faccia al sole cremis fermo sopra i monti violetti di Dorgali, un signore l'aveva raggiunta, silenzioso, toccandola per la spalla. Era vestito di colore del sole e dei monti, e il viso si rassomigliava a quello di un figlio di don Zame Pintor morto giovane.

Ella lo aveva subito riconosciuto: era il Barone, uno dei tanti antichi Baroni i cui spiriti vivevano ancora tra le rovine del Castello, nei sotterranei scavati entro la collina e che finivano nel mare.

– Ragazza, – le disse con voce straniera, – corri dalla *Maestra di parto*, e pregala di venir su stanotte al Castello, perché mia moglie, la Barona, ha i dolori. Corri, salva un'anima. Tieni il segreto. Prendi questo.

Ma Kallina tremava sostenendosi al suo fascio di legna che contro il sole cremis le pareva una nuvola nera; non poté quindi stendere la manina e le monete d'oro che il Barone porgeva caddero per terra.

Egli sparve. Ella buttò il fascio, raccolse i denari paurosa come l'uccellino che becca le briciole e scappò via agile saltellante; ma la *Maestra di parto*, sebbene vedesse le monete calde umide entro i pugni ardenti di lei, le sputacchiò sul viso per toglierle lo spavento e le disse ridendo:

– Vai che hai la febbre e il delirio; le monete le avrai trovate. Se ne trovano ancora, sotto il Castello. Dammele, che te le farò *fruttare*.

Kallina gliele diede; solo ne tenne una col buco e se la mise al collo infilata ad un correggiuolo rosso.

– Andate, – disse alla donna. – Salvate un'anima. Voi fingete di non crederci perché io tenga il segreto. Ma lo terrò lo stesso.

E cadde a terra come morta.

La levatrice si ostinò finché visse a dire ch'era stata un'illusione della febbre; ma si sa, ella diceva, questo perché Kallina tenesse il segreto.

Le monete intanto *fruttavano*: fruttavano tutti gli anni sempre più come i melograni che ella vedeva laggiù verdi e rossi intorno al cortile di don Predu Pintor.

Una sera poi aveva provato, vecchia com'era, la stessa impressione di gioia e di terrore di quella volta. Un giovane signore le era apparso, tale e quale il Barone. Era Giacinto.

E ogni volta che lo vedeva, si rinnovava in lei quel senso di vertigine, il ricordo confuso d'una vita anteriore, antica e sotterranea come quella dei Baroni nel Castello.

Eccolo che viene. Alto, nero, col viso bianco alla luna, entra, siede accanto a lei sulla soglia.

– Zia Kallina, – disse una voce straniera, – perché avete raccontato i miei affari al servo?

– È lui che ha voluto. Mi ha aggredita e voleva uccidermi.

– Uccidervi? Per così poco? Oh, quell'uomo e le mie zie fanno tanto strepito per delle miserie, mentre c'è gente, *laggiù*, che fa debiti per milioni e nessuno lo sa!

Ma alla vecchia non importava nulla della gente di *laggiù*.

– Ho dovuto prendere il palo per difendermi! Intende, vossignoria? Il servo è feroce: non si fidi!

Giacinto stette un momento immobile, guardandosi le mani su cui cadeva l'ombra tremula d'un riccio di vite. Poi trasalì.

– Non mi fiderò. Anzi voglio partire. Non posso più vivere, qui... Anzi, guadagnerò: fra quaranta giorni vi restituirò tutto, fino all'ultimo centesimo. Adesso però mi dovete dare i soldi per il viaggio. Vi rilascerò un'altra cambiale.

– Firmata da chi?

– Da me! – egli disse risoluto. – Da me! Fidatevi. Salvate un'anima. Su, presto! E tenete il segreto.

Le tocco la spalla come il Barone, ed ella s'alzò e andò a prendere i denari dalla cassa: due biglietti da cinquanta lire che palpò a lungo, guardandoli attraverso la luna e pensando che per il viaggio di Giacinto bastava uno. Così l'altro lo ripose. La luna alta sul finestrino sopra la cassa mandava un nastro d'argento fino al suo petto legnoso, e dalla scollatura della camicia si vedeva la moneta d'oro infilata nel correggiuolo diventato nero.

Giacinto non rimase contento. Cos'era quel foglietto sottile in paragone dei tesori dei grandi signori del Continente? Ma come l'usuraia diceva di non voler la cambiale, egli capì che ella gli faceva una elemosina, e provò un'angoscia insostenibile: gli parve d'essere ancora nell'anticamera del capitano di porto, immobile ad aspettare.

– Allora non più tardi di domani ve li restituirò, – promise alzandosi.

E andò dal Milese per dirgli che l'indomani partiva.

Anche là, attraverso la porta si vedeva il cortile bianco e nero di luna e dell'ombra del pergolato: la suocera seduta sulla sua scranna da regina primitiva non filava per rispetto alla *Giobiana*, chiacchierando con la figlia febbricitante e con le serve pallide sedute per terra appoggiate al muro.

– Mio genero è uscito un momento fa; dev'essere andato da don Predu, – disse a Giacinto. – E le zie di vossignoria stan bene? Le saluti tanto e le ringrazi per il regalo che han mandato a mio fratello il Rettore.

– Le susine nere! – disse una serva golosa. – Natòlia, *corfu 'e mazza a conca*, se le ha mangiate tutte di nascosto.

– Se me ne dà ancora, don Giacì, vengo giù al podere con lei: disse Natòlia provocante.

– Vieni pure, – egli rispose, ma la sua voce era triste; e sebbene la vecchia padrona ammonisse:

– Ognuno deve andare coi pari suoi, Natòlia! – quando fu nella strada, egli sentì che le donne ridevano parlando di lui e di Grixenda.

Sì, bisognava partire, andare in cerca di fortuna.

Per non ripassare davanti alla casa della fidanzata, scese un viottolo, poi un altro, fino ad uno spiazzo su cui guardavano le rovine d'una chiesa pisana.

L'euforbia odorava intorno, la luna azzurrognola splendeva sul rudere della torre come una fiamma su un candelabro nero, e pareva che in quell'angolo di mondo morto non dovesse più spuntare il giorno. Ma subito dietro lo spiazzo biancheggiava fra i melograni e i palmizi, simile a un'abitazione moresca, con porte ad arco, logge in muratura, finestre a mezza luna, la casa di don Predu.

Attraversando il grande cortile ove luccicavano alla luna larghi graticolati di canna su cui di giorno s'essiccavano i legumi adesso coperti da stuoie di giunco, Giacinto vide la grossa figura di suo zio e quella smilza del Milese immobili sullo sfondo dorato d'una porta preceduta da un portico. Bevevano, seduti nella queta stanza terrena, con le gambe accavallate e il gomito sullo spigolo del tavolo: e tutti e due, l'uomo grasso e l'uomo magro, sembravano contenti della vita.

– Bevi, bevi! – dissero assieme porgendo a Giacinto il loro vino; ma egli respinse assieme i due bicchieri.

– Stai male, che non bevi?

– Sto male, sì.

Però non disse che male, tanto quei due non l'avrebbero capito.

– Tua zia Noemi t'ha bastonato?

– Grixenda non ti ha baciato abbastanza? *Corfu 'e mazza a conca,* – disse il Milese ripetendo l'imprecazione della serva golosa.

– Ohuff! – sbuffò Giacinto appoggiando i gomiti al tavolino per stringersi la testa fra le mani; e come la sua spalla tremava, don Predu gliela guardò, sbiancandosi lievemente in viso; e quella spalla convulsa parve dargli tale noia che si alzò e vi posò la mano dicendo:

– Usciamo, andiamo a prendere il fresco.

Andarono a prendere il fresco; i loro passi risuonavano nel silenzio come quelli della ronda notturna. Gira e rigira anche Giacinto fu preso dall'allegria un po' amara de' suoi compagni.

– Andiamo a teatro, zio Pietro? A quest'ora nelle città del Continente comincia la vita e il divertimento. Davanti ai

teatri passano tante carrozze, come un fiume nero. Si vedono
persino delle signore in giro ancora coi cagnolini...

Il Milese rise tanto che gli venne il singhiozzo. Don Predu
era più riservato, ma il suo sorriso, a guardarlo bene, tagliava
come un coltello.

– E tornatene là, allora! E portati dietro Grixenda come
un cagnolino.

– Ohuff! Come siete stupidi, in questo paese.

– Non come nel tuo, però.

Egli tacque, ma dopo riprese:

– Perché mi chiamate stupido? perché ho buon cuore?
Perché vorrei passar bene la gioventù? E voi, che fate? È vita,
la vostra? Che vita è la tua? Non vuoi bene neanche a tua moglie malata. E voi, zio Pietro? Che vita è la vostra? Accumu-
lare i denari, come le fave sulla stuoia, per darle poi ai porci.
Non volete bene a nessuno, neanche a voi stesso.

I due amici s'urtavano sorridendo.

– Sei malato davvero, stanotte: male di borsa.

– La mia borsa è più colma della vostra! Andiamo nella
bettola e vedrete, – egli disse arrossendo nell'ombra.

– Tu non hai voluto bere con noi! Neppure se ti vedo morire accetto il tuo vino!

Tuttavia finirono nella bettola quasi deserta; solo due uomini giocavano silenziosi e un terzo guardava ora le carte
dell'uno ora le carte dell'altro, ma a un cenno di don Predu
si avvicinò ai nuovi venuti e tutti e quattro sedettero intorno
a un altro tavolo.

Il bettoliere, un piccolo paesano che pareva un ebreo della
Bibbia, col giustacuore slacciato sulle brache orientali, portò
il vino in un boccale levantino e depose una lucerna di ferro
nero in mezzo alla tavola; e il Milese con la testa reclinata a
destra mescolò pensieroso le carte guardando ora l'uno ora

l'altro dei suoi compagni.

– Quanto la posta?

– Cinquanta lire, – rispose Giacinto.

Trasse il biglietto dell'usuraia.

Perdette.

Sulla lucerna nera la fiammella azzurrognola immobile pareva la luna sul rudero della torre.

CAPITOLO IX

Una sera, in luglio, Noemi stava seduta al solito posto nel cortile, cucendo. La giornata era stata caldissima e il cielo d'un azzurro grigiastro pareva soffuso ancora della cenere d'un incendio di cui all'occidente si smorzavano le ultime fiamme; i fichi d'India già fioriti mettevano una nota d'oro sul grigio degli orti e laggiù dietro la torre della chiesa in rovina i melograni di don Predu parevano chiazzati di sangue.

Noemi sentiva entro di sé tutto questo grigio e questo rosso. Il suo male primaverile di tutti gli anni non cessava col sopraggiungere dell'estate, anzi ogni giorno di più un bisogno violento di solitudine la spingeva a nascondersi per abbandonarsi meglio al suo struggimento come un malato che non spera più di guarire.

Quel giorno era sola. Donna Ester e donna Ruth avevano accettato l'invito del Rettore di far parte del comitato d'una festa; Giacinto era ad Oliena ad acquistar vino per conto del Milese. Sì, ridotto a questo: a fare il servo ad uno ch'era stato mercante girovago. Noemi lo disprezzava, non gli rivolgeva la parola, ma quando era sola lo rivedeva curvo su lei a bagnarle il viso con l'aceto e con le sue lagrime, e la voce tremante di lui, le sue parole: – Zia Noemi mia mia, perché perché questo? – e gli occhi di lui tristi e ardenti come quel cielo d'estate non le uscivano di mente.

Le sembrava di sentire sulle labbra il sapore delle lagrime di lui – ed era il sapore di tutta la tristezza, di tutta la debolezza umana: allora la solita immagine di lui annoiato, spostato, avvilito, di lui contro cui non si poteva combattere perché dava l'impressione d'un masso precipitato dal monte a rovinar la casa, spariva per lasciar posto all'immagine di lui buono, pentito, appassionato.

Questa immagine, sì, Noemi la amava; e a volte la sentiva così viva e reale accanto a lei che arrossiva e piangeva come assalita da un amante penetrato di nascosto nel cortile.

La sua anima allora vibrava tutta di passione; un turbine di desiderio la investiva portando via tutti i suoi pensieri tristi come il vento che passa e spoglia l'albero di tutte le sue foglie morte.

Le sembrava d'esser svenuta, come quel giorno, e che le sue lagrime fossero quelle di Giacinto; e le sorbiva come il succo d'un frutto acre con le labbra avide tremanti di tutti i baci che non avevano dato né ricevuto. La giovinezza, l'ardore, il dolore di Giacinto si trasfondevano in lei: dimenticava i suoi anni, il suo aspetto, la sua essenza; le sembrava d'essere distesa sotto un'acqua limpida nel folto di un bosco e di vedere una figura curvarsi a bere, a bere, sopra la sua bocca: era Giacinto, ma era anche lei, Noemi viva, assetata d'amore: era uno spirito misterioso che sorbiva tutta l'acqua della sorgente, tutta la vita dalla bocca di lei, tanta sete insaziabile aveva; e si stendeva poi nel cavo della fontana nel folto del bosco e formava un essere solo con lei.

Un colpo al portone la richiamò. Andò ad aprire, credendo fossero le sorelle o Giacinto stesso, della cui presenza non aveva timore perché bastava a far cessare l'incanto, ma vide zia Pottoi e richiuse istintivamente il portone per respingerla. La vecchia spingeva a sua volta.

– Mi vuole schiacciare come un ragno, donna Noè! Non

vengo a farle del male.

Noemi si ritirava fredda e sdegnosa, guardando la tela che aveva in mano.

– Che cosa volete?

– Voglio parlare con la vossignoria, ma con calma, come da cristiano a cristiano, – disse la vecchia, che s'accomodava i coralli sul collo bruciato e tremava, scarna e triste come uno scheletro.

– Donna Noemi, mi guardi! Non abbassi gli occhi. Son venuta per chiederle aiuto.

– A me?

– Sì, a lei, a vossignoria. Son tre mesi che le loro signorie non mi lasciano più metter piede qui. Hanno ragione. Ma stanotte ho sognato donna Maria Cristina; l'ho veduta accanto al mio letto, come venne quella volta che avevo preso l'estrema Unzione. Era bella, donna Maria Cristina, aveva il fazzoletto bianco come il fiore del giglio. Va' da Noemi, – mi disse – Noemi ha il mio cuore, perché il cuore dei morti rimane ai vivi. Va, Pottoi, – mi disse – vedrai che Noemi ti aiuterà. Queste proprie parole mi disse.

Ferma accanto al portone, Noemi tentava di cucire ancora, con la testa curva sulla tela che rifletteva il color rosso del cielo sopra il monte.

– Ebbene, che volete?

– Le dirò. Lei sa tutto. I ragazzi si voglion bene. Io dicevo: se si voglion bene perché impedirlo loro? E noi, da giovani non abbiamo amato? Ma il tempo passa, vossignoria; e il ragazzo diventa strano. Grixenda mia è ridotta a un filo. Egli non vuole che essa esca di casa, che vada a lavorare, e se la trova sulla soglia la fa rientrare, e se Grixenda si lamenta egli dice: – Per te io faccio morir le zie di dolore, zia Noemi specialmente. – Non dice altro, perché è beneducato e buono, ma queste parole sono come il veleno che corrode senza far gridare.

Diede un gran sospiro e prese un lembo del grembiale di Noemi arrotolandone la cocca fra le dita nere.

– Donna Noemi, vossignoria mia, lei ha il cuore di sua madre. A lei posso dirlo. Quando mio padre mi avvertì: se guardi ancora don Zame ti crepo la pupilla col pungolo, io ho chiuso gli occhi e don Zame da quel momento è stato morto per me. Ma Grixenda non è così: Grixenda non può chiudere gli occhi.

Suo malgrado Noemi si sentiva turbata. La vecchia che arrotolava come una bimba la cocca del suo grembiale le dava tanta pena.

– La colpa è vostra, – disse, grave. – Sapevate vecchia come siete come vanno a finire queste cose.

– Sappiamo, sappiamo... e non sappiamo mai niente, vossignoria mia! Il cuore non è mai vecchio.

– È vero, questo, – ammise Noemi, ma con una voce che pareva le uscisse suo malgrado di bocca; ma subito corrugò le sopracciglia e sollevò gli occhi freddi beffardi fissando quelli della vecchia.

– Ebbene, che volete da me?

– Che lei parli a don Giacinto; sì, che gli dica: lascia in pace Grixenda o sposala.

– Io devo dirgli questo? E perché proprio io? – domandò Noemi, e poiché l'altra a sua volta la fissava senza rispondere, ebbe una penosa impressione: le parve che la vecchia *sapesse*. Abbassò gli occhi e riprese, aspra e fredda: – Io non gli dirò nulla! Mettetevelo bene in mente: lo sapevate, chi era, lui, e siete stata una cattiva nonna a permettere che Grixenda badasse a uno non adatto per lei.

– Perché non adatto per lei? Un uomo libero è sempre

adatto per una donna libera: basta ci sia l'amore. E vossignoria mia, sì, farà questa carità di parlargli. Non è il pane che le
chiedo, è più del pane; è la salvezza di una donna. E il ragazzo
le darà ascolto, perché è buono e dice: non mi dispiace altro,
solo che zia Noemi soffra per me... Ebbene, glielo confido:
egli parla sempre di vossignoria, e le vuol bene. Grixenda è
persino gelosa di vossignoria.

Allora Noemi si mise a ridere, ma sentì le ginocchia tre-
marle e sentì nel cuore la bellezza luminosa del tramonto: era
un mare di luce sparso d'isole d'oro, con un miraggio in fondo. Ella non aveva mai provato un attimo di ebbrezza simile.

Un attimo e il mondo aveva mutato aspetto. La vecchia
la guardava, e nei suoi occhi vitrei la malizia brillava come la
collana giovanile sul suo collo di scheletro.

– Cosa mi dice, dunque, donna Noemi? Me ne vado un
po' tranquilla? Sì, vero, mi aiuterà?

– Andate pure, – disse Noemi con voce mutata; ma la
vecchia non se ne andava, profondendosi in ringraziamenti
umili.

– La nostra casa misera è sempre stata accanto alla loro,
come la serva accanto alla padrona. Non poteva durare, la
nostra inimicizia! Zuannantoni mio piange, ogni volta che
torno dall'orto; piange e dice: perché le dame mi hanno cacciato via? E prende la fisarmonica e viene a suonare qui dietro
il muro. Dice che fa la serenata a donna Noemi. L'ha sentito
vossignoria? E adesso tutto andrà bene.

– Speriamo: tutto andrà bene, – disse Noemi: ma non
sapeva neanche lei che cosa dovesse andar bene. Sentiva un
improvviso amore per tutti. – Dite a Zuannantoni che venga,
stasera. Gli darò le pere rosse.

La vecchia le afferrò la mano, gliela baciò, andò via piangendo: ella tornò al suo posto. Il cielo scolorito ad oriente,

sopra il Monte ardeva ancora, come se tutto lo splendore del giorno si fosse raccolto lassù. Ella s'ostinava a cucire ma non vedeva né la tela né l'ago: solo quel grande chiarore, quel miraggio senza confini, profondo, infinito. Le sembrava di sentire la serenata del fanciullo, e versi d'amore passavano nell'aria ardente del crepuscolo. Di nuovo si rivedeva sul rozzo belvedere del prete, laggiù alla chiesa del Rimedio; nel cortile ardeva il falò e la festa ferveva. Ma a un tratto anche lei scendeva per unirsi alla catena delle donne danzanti; anche lei prendeva parte alla festa: era la più folle di tutte: era come Grixenda e come Natòlia e sentiva entro il suo cuore l'ardore, la dolcezza, la passione di tutte quelle donne unite assieme. Giacinto le stringeva la mano e la festa intorno, nel cortile, nel mondo, era per loro...

Ma a poco a poco si svegliò. Le parve che il fuoco si spegnesse e il sangue cessasse di batter violento nelle sue vene. Ebbe vergogna dei suoi sogni. Ricordò la promessa alla vecchia: «tutto andrà bene». Allora cercò le parole da dire al nipote per convincerlo a mettersi nella buona via ed a sposare Grixenda. Ch'essi sian felici! Ella li amava tutti e due, adesso, la donna perché col suo amore formava una parte stessa dell'uomo: che siano felici nella loro povertà e nel loro amore, nel loro viaggio verso una terra promessa. Ella li amava perché si sentiva in mezzo a loro, parte di loro, unita all'uomo per il suo amore, unita alla donna per il suo dolore. Li benediceva come una vecchia madre, ma si sentiva trasportata in mezzo a loro, attraverso la vita misteriosa, come Gesù fra i suoi genitori nella fuga in Egitto...

E come i bambini ed i vecchi si mise a piangere senza sapere il perché, – di dolore ch'era gioia, di gioia ch'era dolore.

Ma qualcuno picchiò di nuovo, ed ella s'asciugò gli occhi con la tela e andò ad aprire. Un uomo entrò, chiudendo il portone.

Era l'usciere, un borghese magro col viso nero di barba non rasa da otto giorni: aveva in mano una carta lunga piegata in due. Sollevò il cappello duro verdognolo sul cranio calvo, guardò Noemi esitando a parlare.

– Donna Ester non c'è?

– No.

– Avrei... avrei da consegnarle questo. Ma posso farlo a lei, – aggiunse rapido, scrivendo qualche riga col lapis in fondo alla carta e compitando le parole che scriveva. – Con-se-gna-to – consegnato, in, in ma-no – mano della sorella nobile donna, donna No-e-mi – Noemi Pintor.

Ella guardava rigida, tremando entro di sé. Cento domande le salivano alle labbra, ma non voleva mostrarsi curiosa e debole davanti a quell'uomo che tutti in paese temevano e disprezzavano.

A sua volta l'usciere esitò ancora prima di consegnarle la carta, finalmente si decise e andò via rapido.

Ella si mise a leggere, con la tela sul braccio, gli occhi ancora umidi di lagrime d'amore.

«In nome di Sua Maestà il Re...» La carta aveva qualcosa di misterioso e di terribile: pareva mandata da una potenza malefica.

Piano piano, a misura che leggeva e che capiva, Noemi credeva di sognare. Tornò a sedersi, rilesse meglio. Caterina Carta, di professione casalinga, domandava alla nobile Ester Pintor, entro cinque giorni dalla notificazione dell'atto di protesto, la restituzione di duemilaseicento lire comprese le spese della cambiale firmata da detta nobile Ester Pintor.

Sulle prime anche Noemi credette come Efix a un atto

inconsulto di Ester. Un fugace rossore le colorì la fronte; come una fiamma che brilla un attimo e si spegne nella lontananza della notte oscura le salì dalla profondità della coscienza la certezza che anche lei avrebbe, pochi momenti prima, fatto qualunque follia per Giacinto. Poi silenzio, buio. Lei, sì, pochi momenti prima; ma Ester? Ester non *poteva* aver provato la sua follia, Ester non *poteva* aver rovinato la famiglia per amore di quell'avventuriero.

La verità le balenò allora sfolgorante, la fece balzare, correre di qua e di là inciampando, barcollando, come colpita da un male fisico.

Le sorelle la trovarono così.

Donna Ester prese la carta, con la mano fuor dello scialle; donna Ruth, poiché era già buio, accese la lucerna.

Sedettero tutte e tre sulla panca e Noemi, ritornata calma e crudele, rilesse a voce alta la carta. I visi delle sorelle, protesi sul foglio, lucevano di sudore d'angoscia: ma Noemi sollevò gli occhi e disse:

– Se tu, Ester, non hai firmato niente non dobbiamo pagar niente. È chiaro, perché desolarsi?

– Egli andrà in carcere.

– Peggio per lui!

– E tu, Noemi, tu parli così? Si può mandare un cristiano in prigione?

– Che cosa vuoi fare dunque?

– Pagare.

– E poi andare a chieder l'elemosina?

– Anche Gesù ha chiesto l'elemosina.

– Ma Gesù castiga anche, castiga i peccatori, i fraudolenti, i falsari...

– Nell'altro mondo, Noemi!

Donna Ruth taceva, mentre le sorelle discutevano, ma

sudava, appoggiata alla spalliera del sedile, con le mani abbandonate come morte lungo i fianchi. Per la prima volta in
vita sua provava un sentimento strano; il bisogno di muoversi, di fare *qualche cosa* per aiutare la famiglia.

– Ah, – disse donna Ester, alzandosi e incrociandosi lo
scialle sul petto, – del resto bisogna esser pazienti e prudenti.
Andrò da Kallina e la pregherò di pazientare.

– Tu, sorella mia? Tu in casa dell'usuraia? Tu, donna Ester
Pintor?

Noemi la tirava per il lembo dello scialle; ma donna Ester,
nonostante predicasse pazienza e prudenza, ebbe uno scatto.

– Donna Ester un corno! Il bisogno, tu lo sai, sorella mia,
rende pari tutti.

E andò.

Allora Noemi fu riassalita da un impeto di umiliazione e
di sdegno: la figura di Efix le balzò davanti come quella della
vittima rassegnata al sacrifizio, ed ella corse nel cortile e uscì
sul portone aspettando che passasse qualcuno per pregarlo
d'andare a chiamare il servo.

– Lui, lui è la causa di tutto! Lui aveva promesso di sor-
vegliare Giacinto e di proteggerci contro di lui...

Nessuno passava; tutto era silenzio e anche dentro casa
donna Ruth pareva morta. Noemi non dimenticò mai quel
momento d'attesa, nell'ultimo crepuscolo che le pareva il crepuscolo stesso della sua vita. Ferma sulle pietre rotte della
soglia si protendeva in avanti e le sembrava di aspettare un
essere misterioso, salvatore e vendicatore assieme.

Un passo risuonò, un po' lento, un po' pesante: una forma
apparve giù nella strada: saliva, diventava grande, campeg-
giava gigantesca sullo sfondo incolore dell'orizzonte: era nera
ma come un filo di fuoco scintillava sul suo petto, dalla parte
del cuore.

Fu davanti a Noemi e accorgendosi dell'agitazione di lei si fermò, mentr'ella appoggiava forte la mano aperta al muro per non cadere tanto il desiderio e l'orrore di rivolgersi al passante la turbavano.

Ma egli domandò:

– Noemi, che c'è?

Ed ella sentì il suo cuore fondersi, chiamare aiuto.

– Predu, fammi un piacere. Cercami qualcuno che possa andare a chiamare Efix al poderetto.

– Andrò io, Noemi.

– Tu? Tu? Tu... no.

– Perché no? – egli stridette. – Hai paura che ti rubi le angurie?

Ella continuava a balbettare, incosciente:

– Tu no... tu no... tu no...

Don Predu indovinava il dramma che si svolgeva là dentro.

Non sapeva perché, da qualche tempo, dalla sera che aveva portato il cestino, dalla sera in cui Giacinto gli aveva detto: «tu accumuli le tue monete come le tue fave, per darle ai porci» sentiva un vuoto dentro, un male strano, quasi lo straniero gli avesse comunicato il suo, e pensando alle cugine provava una pietà insolita. Vide che Noemi tremava e anche lui appoggiò la mano al muro accanto a quella di lei. I loro volti eran vicini; quello di lui aveva un odore maschio, di sudore, di pelle bruciata dal sole, di vino e di tabacco, quello di lei un profumo di chiuso, di spigo e di lagrime.

– Noemi, – disse rozzo e timido, levandosi il cappello e poi rimettendoselo, – se avete bisogno di me ditemelo. Che è successo?

Noemi non rispose: non poteva parlare.

– Che è successo? – egli ripeté forte.

– Siamo rovinate, Predu... – ella disse infine, e le sembrava di parlare contro la sua volontà. – Siamo morte. Giacinto ha falsificato la firma di Ester... E l'usuraia ha protestato la cambiale...

– Ah, boia! – gridò don Predu, dando un pugno al muro.

Noemi ebbe paura di quel grido e il sentimento del decoro la richiamò a sé. Le parve che i vicini si affacciassero ad ascoltare la sua miseria.

– Vieni dentro, Predu: ti racconterò tutto.

Ed egli entrò nella casa di cui da venti anni non varcava la soglia.

La lucerna ardeva sul sedile antico, e pareva che la fiammella facesse pietosa compagnia a donna Ruth ancora seduta immobile con la testa appoggiata alla spalliera e le mani abbandonate una qua una là con le nocche sul legno. Metà del suo viso era illuminato, cereo, metà era in ombra, nero. Gli occhi socchiusi guardavan tuttavia in alto, loschi come nello sforzo di fissare un punto solo lontano.

Appena la vide don Predu trasalì, fermandosi di botto. E dal movimento di lui Noemi comprese la verità. Guardò lui spaventata, poi guardò la sorella e corse a scuoterla.

– Ruth, Ruth? – chiamò sottovoce, curva su lei, stringendole gli omeri.

La testa di donna Ruth si reclinò prima di qua, poi di là, poi tutto il suo corpo parve protendersi in avanti e curvarsi ad ascoltar la voce della terra che la richiamava a sé.

Il lamento della fisarmonica di Zuannantoni giunse in fondo al caos del dolore di Noemi, come una luce lontana.

Il ragazzo cantava, accompagnandosi, e la sua voce acerba d'una melanconia inesprimibile riempiva la notte di dolcezza e di chiarore. Noemi ancora inginocchiata presso il sedile ov'era steso il cadavere di donna Ruth, sollevò il viso guardandosi attorno. Era sola. Don Predu era corso a richiamare donna Ester. Ella ricordò le parole della vecchia «Zuannantoni viene a farle la serenata» e un mugolìo di dolore uscì dalle sue labbra verdastre: eran grida, gemiti, lamenti che si confondevano con le note dello strumento e col canto del fanciullo come l'ansito di un ferito abbandonato in un bosco col gorgheggiare dell'usignolo.

Ma d'improvviso tutto tacque: poi s'udirono passi, risuonarono voci; il cortile fu pieno di gente: Noemi vide accanto a sé il ragazzo col viso pallido e i grandi occhi spalancati, che si stringeva al petto la fisarmonica come per difendersi da qualche assalto, e gli disse all'orecchio:

– Corri; va' a chiamare Efix.

CAPITOLO X

Donna Ruth se n'era andata, e ombre e silenzio circondavano di nuovo la casa.

Efix, seduto sullo scalino, con un gelsomino in mano e la testa appoggiata al muro, aspettava il ritorno di Giacinto con un vago sentimento di paura.

Giacinto non tornava. Senza dubbio aveva saputo del disastro e a sua volta esitava a ritornare. Dov'era? Ancora ad Oliena, o a Nuoro o più lontano?

Efix cercava di raccogliere le sue idee, i ricordi, le impressioni di quei tre giorni di terrore. Ecco, gli sembrava d'essere ancora seduto davanti alla sua capanna ad ascoltare l'usignolo che cantava laggiù tra gli ontani: sembrava la voce del fiume, quell'onda d'armonia che si spandeva a rinfrescare la notte, ed era così canora e straziante che gli stessi spiriti notturni si rifugiavano sull'orlo della collina protesi immobili ad ascoltarlo. Efix si sentiva portato via come da un impeto di vento: ricordi e speranze lo sollevavano. Aspettava Giacinto, e Giacinto veniva con sue notizie fantastiche: aveva trovato un posto, aveva tenuto la sua promessa d'essere la consolazione delle vecchie zie. E don Predu aveva domandato Noemi in moglie...

Ma invece di Giacinto arrivò Zuannantoni con qualche cosa di nero sul petto come un avvoltoio morto. Da quel momento Efix aveva l'impressione di esser caduto sotto un urto di febbre delirante. Che incubo, lo stradone biancastro nella notte, e la voce della fisarmonica che scendeva dalla collina e faceva tacere quella dell'usignolo! Tutti i folletti e i mostri s'erano scossi e danzavano nell'ombra, inseguendolo e circondandolo.

Ed ecco adesso egli aspettava di nuovo: ma Giacinto aveva anche lui preso un aspetto mostruoso, come se gli spiriti notturni l'avessero portato via nel loro regno misterioso ed egli ritornasse di là orribilmente deformato.

Meglio non tornasse mai.

Dalla cucina usciva un po' di barlume che illuminava una parte del cortile; s'udiva dentro qualche timido rumore; Noemi e donna Ester si muovevano di là, ma pareva avessero paura anche loro, paura di farsi sentire a vivere.

Ma qualcuno spinse il portone e tutti e tre, le donne e il servo, balzarono come svegliandosi da quel sogno di morte.

Era ancora la vecchia Pottoi che veniva a domandare notizie di Giacinto: si avanzò come un'ombra, ma doveva aver lasciato fuori qualcuno perché si volse a guardare, mentre le dame si ritiravano sdegnose.

– Da cinque giorni il ragazzo è assente e non si sa dov'è! Dillo tu; anima mia, Efix, dov'è?

– Come posso dirvelo se non lo so neppur io?

– Dimmelo, dimmelo, – ella insisté, curvandosi su Efix e toccandosi le collane quasi volesse levarsele e offrirgliele. – L'avete mandato via? L'ha mandato via donna Noemi?... Dimmelo, tu lo sai. Grixenda mia muore...

Si curvava, si curvava, e sul suo profilo nero come su quello di una montagna Efix vedeva brillare una stella.

– Che cosa posso darti, anima mia?

– Ma nulla, vecchia! – egli disse a voce alta. – Vi giuro che non lo so! Ma appena sarà qui vi avvertirò...

– Tu sei buono, Efix! Dio ti pagherà. Vieni là fuori... Confortala...

Gli afferrò la mano e lo attirò fuori. Grixenda stava appoggiata al muro e piangeva come contro una prigione che racchiudesse tutto il suo bene e dove lei non poteva entrare.

– Ebbene, che hai? Tornerà, certo.

– Lo senti, anima mia? – disse la vecchia, strappando la ragazza dal muro. – Tornerà! Non è andato via per sempre, no!

– Tornerà, sì, ragazza!

Grixenda gli prese la mano e gliela baciò singhiozzando. Egli sentì le labbra di lei bagnate di lagrime lasciargli sulle dita come l'impronta di un fiore umido di rugiada: e trasalì e gli sembrò che l'incubo in cui da tre giorni era caduto si sciogliesse.

– Tornerà, – ripeté a voce alta. – E tutto andrà bene. Metterà giudizio, si pentirà, sarete contenti e tutto andrà bene...

Le due donne se ne andarono confortate; egli rientrò e vide Noemi sorgergli davanti come un'ombra nera ferma palpabile.

– Efix, ho sentito. Efix, non metterti in mente di far morire anche noi. Giacinto non deve rientrare in questa casa.

Efix teneva ancora il gelsomino in mano e il fiorellino tremò nel buio, come di un dolore proprio.

– Farle morire... io! perché?

– Efix, ho sentito! – ella ripeté con voce monotona: ma d'improvviso la sua figura balzò, l'ombra parve diventare alta, enorme. Efix la sentì sopra di sé come una tigre.

– Efix, hai capito? Egli non deve rientrar qui, e neppure in paese! Tu, tu sei la cagione di tutto. Tu l'hai lasciato venire, tu dicevi che ci avresti difeso da lui... Tu...

Egli si tolse la berretta come un penitente.

– Donna Noemi, mi perdoni! Io credevo di far del bene... pensavo: quando non ci sarò più io, esse almeno avranno chi le difenderà...

– Tu? Tu? Tu sei un servo e basta! Tu non ci perdoni d'esser nobili e vuoi vederci andare a chiedere l'elemosina con la tua bisaccia. Ma i corvi ti divoreranno prima gli occhi. Due di noi le hai vedute andar via, di qui... ma le altre due no. E tu sarai sempre il servo e noi le padrone...

Egli si fece il segno della croce come davanti a una indemoniata e andò a prendere la sua bisaccia per fuggire in capo al mondo; ma donna Ester lo afferrò per la mano, e Noemi, che lo aveva seguito, cadde sulla panca come donna Ruth, con gli occhi chiusi e il viso violetto.

Egli tornò fuori, sullo scalino, e rimase tutta la notte immobile col viso fra le mani.

Prima dell'alba s'avviò in cerca di Giacinto. E su e su, per lo stradone dapprima grigio, poi bianco, poi roseo: l'aurora pareva sorgere dalla valle come un fumo rosso inondando le cime fantastiche dell'orizzonte. Monte Corrasi, Monte Uddè, Bella Vista, Sa Bardia, Santu Juanne Monte Nou sorgevano dalla conca luminosa come i petali di un immenso fiore aperto al mattino; e il cielo stesso pareva curvarsi pallido e commosso su tanta bellezza.

Ma col sorgere del sole l'incanto svanì; i falchi passavano stridendo con le ali scintillanti come coltelli, l'Orthobene stese il suo profilo di città nuragica di fronte ai baluardi bianchi di Oliena; e fra gli uni e gli altri apparve all'orizzonte la cattedrale di Nuoro.

Efix camminava col velo della febbre davanti agli occhi. Gli pareva d'esser morto e di andare, di andare come un'anima in pena che deve raggiungere ancora il suo destino eterno; di tanto in tanto però un senso di ribellione lo costringeva a fermarsi, a sedersi sul paracarro ed a guardare lontano. La strada in salita tra la valle e la montagna, fra rocce olivi e fichi

d'India tutti d'uno stesso grigio, gli sembrava, sì, quella del
suo calvario ma anche una strada che poteva condurre a un
luogo di libertà. Ecco, pensava guardando il profilo dell'Orthobene, lassù è una città di granito, con castelli forti silenziosi; perché non mi rifugio lassù solo, e non mi nutrisco di
erbe, di carne rubata, libero come i banditi?

Ma da un punto aperto della valle vide il Redentore sopra
la roccia con la grande croce che pareva unisse il cielo azzurro alla terra grigia, e s'inginocchiò a testa bassa, vergognoso
delle sue fantasticherie.

Giacinto era ad Oliena: sapeva del disastro e della morte di
zia Ruth e aveva paura a tornare laggiù. Viveva con le poche
lire guadagnate dalla senseria del vino acquistato per conto
del Milese, ma non sapeva che avrebbe fatto poi: anche lui
guardava lontano, dal finestrino della sua stanzetta sopra un
cortiletto in pendìo in fondo al quale come da un buco si vedeva la grande vallata d'Isporosile con la cattedrale di Nuoro
fra due ciglioni, in alto, sul cielo venato di rosa.

Ma neppure a Nuoro si decideva ad andare: provava un
senso di attesa, di qualche cosa che ancora doveva succedere,
e intanto girovagava per il paese, si ubriacava di sole davanti
alla porta della chiesa. Il villaggio bianco sotto i monti azzurri
e chiari come fatti di marmo e d'aria, ardeva come una cava di
calce: ma ogni tanto una marea di vento lo rinfrescava e i noci
e i peschi negli orti mormoravano tra il fruscìo dell'acqua e
degli uccelli.

Giacinto guardava le donne che andavano a messa, com-
poste, rigide, coi visi quadrati, pallidi nella cornice dei capelli lucenti come raso nero, i malleoli nudi di cerbiatta, le
belle scarpette fiorite: sedute sul pavimento della chiesa, coi
corsetti rossi, quasi del tutto coperte dai fazzoletti ricamati,

davano l'idea di un campo di fiori. E tutta la chiesa era piena di nastri e di idoli; santi piccoli e neri con gli occhi di perla, santi grossi e deformi, più mostri che idoli.

Dopo le funzioni sacre la gente se ne andava a casa e Giacinto se ne tornava al suo rifugio passando davanti a una chiesa in rovina che gli ricordava la casa laggiù delle sue zie. Pensava a zia Noemi più che a Grixenda e aveva voglia di piangere, di tornare laggiù, di sedersi accanto a lei che cuciva nel cortile e posarle la testa sulle ginocchia, sotto la tela. Ma poi anche lui si vergognava del suo sogno, e tornava al finestrino della stanzetta solitaria a guardare la cattedrale di Nuoro: lassù forse era la sua salvezza.

Nidi di rondine che col tempo avevano preso il colore della pietra correvano come una decorazione fra il tetto e i finestrini della casetta: ogni nido racchiudeva un mucchio di uccellini; di tanto in tanto una testina lucida e tonda come una nacchera ne usciva fuori, sgusciava una rondine, poi un'altra, dieci, venti, ed era tutto uno svolazzare di piccole croci nere, uno stridìo melanconico intorno al finestrino di Giacinto.

Egli tentava di prenderne qualcuna, tanto gli passavan rasenti al viso: e stava immobile in agguato e così l'ora passava. Ma un giorno vide salir su per il cortiletto la figura stanca di Efix e si accorse ch'era appunto lui che aspettava.

Arrivato sotto il finestrino il servo guardò in su senza parlare; non poteva quasi aprir bocca, ma scosse la testa verso la strada, accennando a Giacinto di seguirlo, e Giacinto lo seguì.

Andarono dietro la chiesa, si appoggiarono al muro in rovina, davanti al grande paesaggio pieno di luce.

– Ebbene? – domandò Efix con voce tremante.

Questa parola fece ridere Giacinto: non seppe perché, ma davanti alla miseria del servo si sentiva tutto ad un tratto forte e malvagio.

– Lo domandi a me «ebbene?» Lo domando io a te. Che c'è di nuovo che ti spinge alle mie calcagne? Sei venuto a comprare il vino per le nozze di zia Noemi?

– Rispetta le tue zie! Tu non le rivedrai più. Donna Ruth è morta.

Giacinto allora abbassò il viso e si guardò le mani.

– Vedi? Vedi? Neanche una parola di dolore, dici! Neanche una lagrima! Ed è morta per te, miserabile! È morta di dolore per causa tua.

La spalla di Giacinto cominciò a tremare; tremò anche il suo labbro inferiore, ma egli se lo morsicò rabbiosamente, e strinse e riaprì i pugni quasi volesse prendere e buttar via qualche cosa.

– Che ho fatto? – domandò con insolenza.

Allora Efix lo guardò di sotto in su con dolore e disprezzo.

– E lo domandi anche? E perché sei ancora qui se non sai quello che hai fatto? Io non ti dico nulla, non ti domando nulla perché non hai nulla. Neanche cuore hai! Solo son venuto a dirti che non devi più rimetter piede in casa loro!

– Potevi risparmiarti questa fatica! Chi pensa a ritornare?

– Così rispondi? Di' almeno cosa intendi di fare. Le hai ridotte all'elemosina, le tue disgraziate zie. Che intendi di fare?

– Pagherò tutto, io.

– Tu? Con promesse! Ah, ma adesso basta, perdio! Adesso non inganni più nessuno, sai! È tempo di finirla. E smetti la finzione perché tanto non abbiamo più nulla da darti. Hai inteso, miserabile?

Allora Giacinto lo guardò a sua volta da sotto in su, maligno e sorpreso, poi sollevò di nuovo le braccia e parve alzarsi da terra scuotendosi tutto contro Efix come un'aquila sopra la sua preda. I suoi occhi e i suoi denti scintillarono al tramonto, e il suo viso diventò feroce.

– Di', non ti vergogni? – domandò sottovoce, afferrandogli le braccia e ficcandogli gli occhi negli occhi.

Ed Efix ebbe l'impressione che quello sguardo gli bruciasse le pupille: un rombo gli risuonò entro le orecchie.

– Non ti vergogni? Miserabile, tu! Io posso aver errato, ma son giovane e posso imparare. Perché vieni a tormentarmi? Lo sapevo, che saresti venuto, e ti aspettavo. Tu, tu almeno devi comprendere e non condannarmi. Hai capito? Non rispondi adesso? Ah, tremi adesso, assassino? Va, che mi vergogno di averti toccato.

Gli diede uno spintone e s'avviò per andarsene. Efix lo rincorse, gli afferrò la mano.

– Aspetta!

Stettero un momento in silenzio, come ascoltando una voce lontana.

– Giacinto! Devi dirmi una cosa sola. Giacinto! Ti parlo come fossi un moribondo. Giacì! Dimmelo per l'anima di tua madre! Come hai saputo?

– Che cosa t'importa?

– Dimmelo, dimmelo, Giacì! Per l'anima di tua madre.

Giacinto non dimenticò mai gli occhi di Efix in quel momento; occhi che pareva implorassero dalla profondità di un abisso, mentre la mano che stringeva la sua lo tirava giù verso terra e il corpo del servo si piegava e cadeva lentamente.

Ma tacque.

Efix gli lasciò la mano; cadde piegato su se stesso brancicando la terra e cominciò a tossire e a vomitare sangue: il suo viso era nero, decomposto. Giacinto credette che morisse. Lo tirò su, lo appoggiò con le spalle al muro, si sollevò e stette a guardarlo dall'alto.

– Dimmelo! Dimmelo! – rantolava Efix, sollevando le palme insanguinate. – È stata tua madre? Dimmi almeno che non è stata lei.

Giacinto fece cenno di no.

Allora Efix parve calmarsi.

– È vero, – disse sottovoce. – L'ho ucciso io, tuo nonno, sì. Mille volte avrei confessato per la strada, in chiesa, ma non l'ho fatto per loro. Se mancavo io, chi le assisteva? Ma è stato per disgrazia, Giacì! Questo te lo giuro. Io sapevo che tua madre voleva fuggire, e la compativo perché le volevo bene: questo è stato il mio primo delitto. Ho sollevato gli occhi a lei, io verme, io servo. Allora lei ha profittato del mio affetto, s'è servita di me, per fuggire... E *lui*, il padre, indovinò tutto. E una sera voleva uccidermi. Mi son difeso; con una pietra gli ho percosso la testa. Egli si aggirò un po' intorno a sé stesso come una trottola, con la mano sulla nuca, e cadde, lontano dal punto ove mi aveva aggredito... Io credevo lo facesse apposta... Attesi... attesi... che si sollevasse... Poi cominciai a sudare... ma non potevo muovermi... Credevo sempre fosse una finzione... E guardavo... guardavo... così passò molto tempo. Finalmente mi accostai... Giacì? Giacì? – ripeté due volte Efix, con voce bassa e ansante, come se chiamasse ancora la sua vittima – lo chiamai... Non rispondeva. E non ho potuto toccarlo... E son fuggito; e poi son tornato... Tre volte così: mai ho potuto toccarlo. Avevo paura...

Giacinto ascoltava alto, nero sul cielo rosso: la sua spalla tremava ed Efix, dal basso, credeva di veder tremolare tutto l'orizzonte.

Ma d'improvviso Giacinto se ne andò senza dir niente, ed Efix vide davanti a sé lo spazio libero, la vallata rosea solcata d'ombre, su, su, fino alle colline di Nuoro nere contro il tramonto.

Un silenzio infinito regnava. Solo qualche grido di rondine pareva uscir dai muri in rovina, e un trotto di cavallo risuonò lontano, sempre più lontano.

«È Giacinto» pensò Efix, «ha preso un cavallo e torna laggiù e rivela tutto alle zie e le maltratta.»

Ascoltò. Gli sembrava che il passo del cavallo risuonasse sul muro, sopra di lui; e poi più basso, sul suo corpo, sopra il suo cuore.

«Se n'è andato senza dirmi niente! Ma io, quando mi raccontò la sua storia col capitano non ho fatto così!»

D'un colpo balzò su, come se qualcosa lo pungesse. Si scosse la polvere dal vestito e corse via, dietro la chiesa, giù allo stradone, incalzato dal pensiero che Giacinto tornasse a casa e maltrattasse le donne.

Ma quando arrivò la casa era ricaduta nella sua pace di morte.

Donna Ester lavava il grano, prima di mandarlo alla mola, immergendolo entro un vaglio nell'acqua d'un paiuolo: le pietruzze rimanevano tutte in un angolo, ed ella dava un balzo al vaglio per cacciarle via tutte assieme. Era molto polveroso e pietroso, il grano; era l'ultimo del sacco che loro rimaneva.

Ma ciò che impressionò Efix fu di vedere donna Noemi col fazzoletto bianco di donna Ruth sul capo, in segno di lutto.

Era invecchiata, bianca in viso come il lenzuolo rattoppato che ella rattoppava ancora.

Egli sedette sulla panca, davanti a loro. Sembravano tutti e tre tranquilli come se nulla fosse accaduto.

– Se ne va o no? –, domandò Noemi.

– Se ne andrà.

Ella lo guardò fisso: lo vide così grigio e scarno che ne ebbe pietà e non parlò più.

E per otto giorni vissero tutti e tre nella speranza angosciosa che Giacinto tornasse e rimediasse al malfatto, che Giacinto se ne andasse e non si facesse rivedere mai più!

CAPITOLO XI

Un giorno in autunno Efix andò in casa di don Predu. C'erano solo le serve, una grassa e anziana che si dava le arie imponenti della sorella del Rettore, l'altra giovane e lesta benché afflitta dalle febbri di malaria; ed egli dovette attendere nella stanza terrena, divagandosi a guardare nel vasto cortile i graticoli di canna coperti di fichi verdi e neri, d'uva violetta e di pomidoro spaccati velati di sale. Tutta la casa spirava pace e benessere: sui muri chiari tremolava l'ombra dei palmizi e tra il fogliame dorato dei melagrani le frutta rosse spaccate mostravano i grani perlati come denti di bambino. Efix pensava alla casa desolata delle sue povere padrone, a Noemi che vi si consumava dentro come un fiore al buio...

– Come sei dimagrito, – gli disse la serva anziana, che filava seduta presso la porta, – hai le febbri?

– Mi rosicchiano le ossa, mi scarnificano, sia per l'amor di Dio, – egli sospirò, guardandosi le mani nere tremanti.

– Le tue padrone stanno bene? Non si vedono più neppure in chiesa.

– Neppure in chiesa vanno, dopo la disgrazia.

– E don Giacinto non torna?

– Non torna. Ha un posto a Nuoro.

– Sì, il mio padrone l'ha veduto, ultimamente. Ma pare non sia un posto molto di lusso.

– Basta vivere, Stefana! – ammonì Efix, senza sollevare la testa. – Basta vivere senza peccare.

– Questo è difficile, anima mia! Come guadare il fiume senza bagnarsi?

– Passando sul ponte, – disse l'altra serva dal cortile curva a sbucciare un mucchio di mandorle; poi domandò: – E Grixenda, allora? Anche lei porta il lutto e non esce più.

Efix non rispose.

– E don Predu, adesso, viene da voi?

– Io non lo so: io sono sempre laggiù, al poderetto.

Le donne ardevano di curiosità, perché da qualche tempo il padrone mandava regali alle cugine e pur beffandosi di loro non permetteva che altri ne parlasse male in sua presenza; ma Efix non era disposto alle confidenze. Don Predu l'aveva mandato a chiamare, ed egli era lì per attenderlo non per chiacchierare. La febbre e la debolezza gli davano un ronzìo alle orecchie; sentiva come il mormorare del fiume nella notte e voci lontane, e aveva dentro la testa tutto un mondo suo ov'egli viveva distaccato dal mondo reale.

Non gl'importava più nulla di Giacinto, né di Grixenda e neppure, quasi, delle padrone; tutto gli sembrava lontano, sempre più lontano, come se egli si fosse imbarcato e dal mare grigio e torbido vedesse dileguarsi la terra all'orizzonte.

Ma ecco don Predu che rientra: è meno grasso di prima, come vuotatosi alquanto. La catena d'oro pende un poco sullo stomaco ansante.

Efix s'alzò e non voleva più rimettersi a sedere.

– Bisogna che vada, – disse accennando fuori, come uno che ha da camminare, da andare lontano.

– Tanti affari hai? O vai a qualche festa?

L'ironia di don Predu non lo pungeva più; tuttavia l'accenno alla festa lo scosse.

– Sì, voglio andare alla festa di San Cosimo e San Damiano.

– Ebbene, andrai! Suppongo che non parti subito. Siedi: ho da farti una domanda. Stefana, vino!

Efix però respinse il bicchiere con un gesto di orrore. Mai più bere, mai più vizi. Da due mesi digiunava e talvolta quando aveva sete non beveva per penitenza. Sedette rassegnato tornando a guardarsi le mani; e don Predu, mentre vigilava verso il cortile perché le serve non origliassero, gli domandò a mezza voce:

– Dimmi come vanno gli affari delle mie cugine.

Efix sollevò, riabbassò tosto gli occhi; un rossore fosco gli colorì il viso che pareva arso scarnificato con la sola pelle aderente al teschio.

– Le mie padrone non hanno più confidenza in me e non mi dicono più tutti i loro affari. È giusto. A che dirmeli? Io sono il servo.

– *Corfu 'e mazza a conca*, pagarti però non ti pagano! Di quest'affare almeno dovrebbero intrattenerti. Quanto ti devono?

– Non parliamone, don Predu mio! Non mi mortifichi.

– Ti mortifichi pure, babbeo! Ebbene senti. Anch'io vado qualche volta da quelle donne ma non è possibile cavar loro nulla di corpo. Ester, forse, parlerebbe; ma c'è Noemi dura come una suola. La prima sera, quando accadde la disgrazia di Ruth e io passavo là per caso, solo quella sera si confidò. Sfido, perdio, era l'ora della disperazione. Ma dopo ritornò ostile: quando vado là mi accoglie bene, ma di tanto in tanto mi guarda torva, come sia io la causa dei loro malanni. E se Ester apre la bocca per parlare, ella la fissa così terribile che le toglie la parola di bocca.

– Così con me, – disse Efix. – Preciso così.

E provò quasi un senso di sollievo, perché il ricordo degli occhi di Noemi lo perseguitava peggio che il suo rimorso antico.

– Adesso, ascoltami. Visto che da loro non si può ricavare niente, ho interrogato Kallina. Ma anche lei, malanno l'impicchi, tace. Sa fare i suoi affari, quella dannata: finge di credere che Ester ha veramente firmata la cambiale di Giacinto e solo dice che vuole il fatto suo. So che tu ed Ester siete andati da lei per cercare di aggiustare le cose e che Kallina ha rinnovato per tre mesi la cambiale gonfia delle spese di protesto e di interessi più forti, e ha preso ipoteca sul poderetto e sulla casa, fune che la strangoli; sì, va bene; ma e adesso, in ottobre, come farete?

– Non lo so: non mi dicono nulla.

– So che Ester gira in cerca di denari: ha un bel girare; le cadranno gli ultimi denti e non avrà trovato. So che sarebbe disposta anche a vendere, ma non a me.

Efix guardava le sue dita e taceva; ma don Predu, irritato per questa indifferenza, gli batté le mani sulle ginocchia.

– Che pensi, santo di legno? Ohè, di'?

– Ebbene, le dirò la verità. Io spero che Giacinto riesca a pagare.

Allora don Predu si riversò ridendo sulla sedia, col petto gonfio, i denti scintillanti fra le labbra carnose. Anche le sue dita intrecciate alla catena d'oro sul petto parvero ridere.

Efix lo guardava spaurito, con gli occhi pieni di una angoscia da bestia ferita.

– Ma se quello muore di fame! L'ho veduto l'altro giorno. Sembrava un pezzente, con le scarpe rotte. S'ha venduto anche la bicicletta, non ti dico altro!

– No, dica! Ha rubato?

– Rubato? Sei pazzo? Adesso lo calunni anche, quel fiorellino, quell'angelo dipinto. E cosa ruba? Non è buono neanche a quello.

– E... cosa dice? Tornerà?

– Se gli passa un'idea simile in mente gli rompo i garetti,
– disse don Predu, oscurandosi in viso. Ed Efix ebbe a un
tratto l'impressione che finalmente le sue disgraziate padrone avessero trovato un appoggio, un difensore più valido di
lui. Ah, sia lodato Dio: Egli non abbandona le sue creature.
Allora le sue antiche speranze rifiorirono all'improvviso; che
don Predu sposasse Noemi, che la casa delle sue padrone
risorgesse dalle sue rovine. Ma la sua gioia si spense subito,
d'un tratto, come s'era accesa, e di nuovo egli si trovò nel suo
deserto, nel suo mare, nel suo viaggio misterioso e terribile
verso il castigo divino. Tutte le grandezze della terra, anche
se toccavano a lui, anche se egli diventava re, anche se avesse
la potenza di render felici tutti gli uomini del mondo, non
bastavano a cancellare il suo delitto, a liberarlo dall'inferno.
Come rallegrarsi dunque? E tornò a guardarsi le mani per
nasconder l'idea fissa ferma nelle sue pupille. Don Predu riprese:

– Giacinto non tornerà e tanto meno pagherà, te lo ga-
rantisco io. Ma ricordati quello che ti dissi mille volte; il
poderetto lo voglio io. Pago tutto, io: così vi resta la casa.
Cerca tu di convincerle, quelle teste di legno. Io ti tengo al
mio servizio.

– Perché non parla vossignoria con loro? A me non danno
ascolto.

– E a me sì, forse? Ho tentato, di parlarne, ma come col
muro. Tu devi convincerle, tu, – disse l'uomo con forza, battendogli di nuovo la mano sul ginocchio. – Se è vero che vuoi
il loro bene l'unico scampo è questo. Tu *devi*, è il tuo dovere
di aprir loro le pupille, se loro son cieche. *Devi*, intendi, o
no? Hai il verme nelle orecchie?

Infatti Efix aveva preso una fisionomia chiusa, da sordo.
Devi?

Minacciava, don Predu? Sapeva qualche cosa, don Predu? A lui non importava nulla, non aveva paura che dell'inferno: tuttavia pensava che forse don Predu aveva ragione.

– Come devo fare?

– Devi mostrarti uomo, una volta tanto. Devi dir loro che se non vogliono pagarti in denari ti paghino almeno in riconoscenza. Se il poderetto va in mani di un altro padrone tu vieni cacciato via come un cane. Allora, sì, così Dio mi assista, andrai alle feste, coi mendicanti, però!

Efix trasalì: era quello il suo sogno di penitenza. Si alzò e disse:

– Farò di tutto. Ma l'unica cosa...

– L'unica cosa? – domandò l'uomo afferrandogli la manica. – E siedi, diavolo, e bevi. L'unica cosa?

Efix si lasciò ricadere sulla sedia; tremava e sudava e gli pareva di svenire.

– Sarebbe che vossignoria sposasse donna Noemi.

E don Predu si gonfiò nuovamente di riso. Rideva, ma teneva fermo Efix, quasi per impedirgli di andarsene.

– Come sei divertente, diavolo! Ti tengo con me tutta la vita, così mi svaghi quando sono di malumore! Ti faccio sposare Stefana. È un po' grassa per te, forse, ma non è pericolosa, perché i trent'anni li ha passati da un pezzo...

– Stefana, Stefana, – gridò, sempre tenendolo fermo e volgendo il viso ridente verso la porta, – senti, c'è qui un pretendente.

La donna s'affacciò, nera, col ventre gonfio, il seno gonfio e il viso severo come quello d'una dama. Efix la guardò un attimo, supplichevole.

– Don Predu ha voglia di ridere.

– Brutto segno, quando egli ha voglia di ridere: altri devono piangere, – disse la donna, sfidando lo sguardo del padrone: e dietro di lei sorrideva, pallida enigmatica, con la lunga bocca serrata e come fermata da due fossette, Pacciana l'altra serva.

– Io ti dico che tu sposerai Efix, Stefana. Adesso dici di no, ma poi dirai di sì. Che c'è da ridere?

– Il riso sardonico! – imprecò dietro Pacciana, a voce bassa. E urtò Stefana per incitarla a rispondere male al padrone. Ma la donna era troppo dignitosa per proseguire nello scherzo; e non aprì bocca finché il padrone ed Efix non uscirono assieme.

Allora le due serve cominciarono a parlar male delle cugine del padrone.

– Quando vado là, col regalo entro il cestino, mi accolgono come se vada a chieder loro l'elemosina. E invece la porto loro, io! Non vedi che viso da affamato ha Efix? Da vent'anni non lo pagano e adesso non gli danno neppure da mangiare. Eppure, hai sentito il nostro padrone come s'inalbera quando gli si accenna alle sue cugine?

– I tempi cambiano: anche i puledri invecchiano, – sentenziò Stefana; ma entrambe sentivano qualche cosa di nuovo, di grave, pendere sul loro destino di serve senza padrona.

Intanto don Predu accompagnava Efix, su, su, per la straducola lavata dalle ultime piogge.

L'erba rimaneva lungo i muri delle case deserte. Un silenzio dolce profondo avvolgeva tutte le cose; nuvole gialle si affacciavano stupite sul Monte umido, e dall'alto del paese, davanti al portone delle dame, si vedeva la pianura coperta di giunchi dorati, e il fiume verde fra isole di sabbia bianca. Il silenzio era tale che s'udivano le donne a sbattere i panni laggiù, sotto il pino solitario della riva. La vecchia Pottoi ferma sulla sua soglia guardava, con una mano appoggiata al muro e l'altra sopra gli occhi: sembrava decrepita, piccola, con i gioielli ancora più vistosi e lugubri sul suo corpo ischeletrito.

– Che fate? – salutò don Predu.

– Aspetto Grixenda mia ch'è andata al fiume. Io non volevo, a dire il vero, perché il ragazzo, il nipote di vossignoria, glielo ha proibito, e se viene a saperlo si offende; ma Grixenda mia fa sempre di sua testa.

– Che, vi ha scritto, Giacinto?

– A chi? Scritto? Mai, ha scritto: non si sa nulla, di lui, ma deve tornare certo, perché l'ha promesso.

– Già, tornano anche i morti, dite voi!

Ma la vecchia si volse ad Efix che stava lì a testa bassa e fissava il selciato.

– Non lo ha detto a te che la sposa? Dillo su, l'ha detto o no?

Efix la guardò un attimo, come aveva guardato Stefana, e non rispose.

– Quello che mi dispiace è il rancore delle dame, – disse la vecchia, guardando di nuovo laggiù. – A noi ci scacciano, e solo Zuannantoni può qualche volta entrare nella loro casa più chiusa del Castello ai tempi dei Baroni: hanno perdonato a Kallina, peste la secchi, e a noi no. Nostra Signora del Rimedio le aiuti. Ma quando il ragazzo tornerà tutto andrà bene: lo disse anche donna Noemi.

I due uomini s'allontanarono; ma la vecchia richiamò indietro don Predu e gli disse sottovoce:

– Non potrebbe farmi un favore? Dire lei a Grixenda che non vada al fiume? Non è dignitoso per lei, che deve sposare un signore.

Don Predu aprì le grosse labbra per ridere e dire una delle sue solite insolenze; ma abbassò gli occhi sulla vecchia tremante, guardò la collana e gli orecchini che oscillavano, e anche lui si toccò la catena d'oro e s'oscurò in viso come quella sera quando aveva veduto la spalla del nipote tremare.

Raggiunse Efix e si fermarono davanti al portone chiuso

delle dame. Le ortiche crescevano sui gradini. Don Predu ricordava ogni volta Noemi lì ferma ad attendere, nell'ombra.

– Bene, allora restiamo intesi? Tu devi fare come ti dico io, intendi?

– Inteso ho. Farò di tutto, – disse Efix.

Picchiò, ma nessuno apriva. E don Predu stava lì, a toccarsi la catena e a guardare giù verso il fiume quasi anche lui aspettasse qualcuno.

– Oh che son morte anche loro?

– Donna Ester sarà in chiesa e donna Noemi forse sarà coricata.

– Perché, sta male?

– Mah! Da qualche tempo, ogni volta che torno la trovo coricata. Ha mal di testa.

– Oh, oh, bisognerebbe farla uscire, prendere un po' d'aria.

– Questo penso anch'io; ma dove?

Don Predu guardava laggiù, verso il fiume: il suo viso sembrava diverso, sembrava quasi bello, triste e distratto come quello del nipote.

– Eh, dico, si può andare in qualche posto; a *Badde Saliche*, anche, il mio podere verso il mare; c'è ancora un po' d'uva bianca...

Il viso di Efix s'illuminò; ed egli volle dire qualcosa, ma dentro si sentiva aprire il portone, e don Predu si allontanò senza voltarsi, cercando di nascondersi lungo il muro.

CAPITOLO XII

Con grande meraviglia di Efix donna Ester accondiscese alle proposte del cugino. Così il poderetto fu venduto e la cambiale pagata. Ma avvenne una cosa che destò le chiacchiere di tutto il paesetto. Efix, pur continuando a stare al servizio di donna Ester e di donna Noemi, ottenne di coltivare a mezzadria il poderetto; così portava in casa delle sue padrone la porzione di frutti che gli spettava. Infine, dicevano le donne maliziose, da servo era salito al grado di parente, anzi di protettore delle dame Pintor.

Ciò che più sorprendeva era l'accondiscendenza di don Predu; ma da qualche tempo sembrava un altro; s'era persino dimagrito e una voce strana correva, che egli fosse «toccato a libro», vale a dire ammaliato per virtù di una fattucchieria eseguita coi libri santi.

Chi aveva interesse a far questo?

Non si sapeva: queste cose non si sanno mai chiare e precise, e se si sapessero non sarebbero più grandi e misteriose: il fatto era che don Predu dimagriva, non parlava più tanto insolentemente del prossimo e infine commetteva la sciocchezza di comperare un podere senza valore, e col podere il servo e a questo lasciava tutta la sua libertà.

Stefana e Pacciana dicevano:

– È un'elemosina ch'egli vuol fare alle sue disgraziate cugine.

Ma fra loro due, in confidenza, poiché don Predu continuava a mandare regali e regali alle dame Pintor, ammettevano che egli, sì, sembrava stregato, e parlavano di Efix sottovoce: tutto è possibile nel mondo, ed Efix amava le sue padrone fino al punto di rendersi capace di far per loro qualche sortilegio. Il suo andirivieni con don Predu destava soprattutto i sospetti delle serve: Stefana guardò se sotto la soglia ci fosse qualche oggetto magico nascosto, e Pacciana trovò un giorno una spilla nera nel letto del padrone... Fatti straordinari dovevano succedere.

Durante l'inverno le dame Pintor stettero sempre in casa e non parlarono mai di andare alla Festa del Rimedio, ma a misura che le giornate si allungavano e l'erba cresceva nell'antico cimitero, anche donna Ester pareva presa da un senso di stanchezza, da una malattia di languore come quella che tutti gli anni a primavera rendeva pallida Noemi: non andava quasi più in chiesa, si trascinava qua e là per la casa, si sedeva ogni tanto, con le mani abbandonate sulle cosce, dicendo che le facevano male i piedi. Nella casa la miseria non era più grave degli anni scorsi, poiché Efix provvedeva alle cose più necessarie, ma l'aria stessa pareva impregnata di tristezza.

In quaresima le due sorelle andarono a confessarsi. Era un bel mattino limpido, sonoro; s'udivano grida di bambini e tintinnii di greggi giù fra i giuncheti della pianura, e la voce del fiume, grossa, sempre più grossa, che pareva minacciasse, ma per scherzo. Sul cielo tutto turchino non una nuvoletta, e l'aria così trasparente che sulle rocce del Castello si vedevano scintillare le pietre e una finestra vuota delle rovine affacciarsi piena d'azzurro fra l'edera che l'inghirlandava.

Prete Paskale era dentro il suo confessionale, e non intendeva uscirne, sebbene Natòlia l'aspettasse in sagrestia col caffè e i biscotti in un cofanetto.

Vedendo arrivare le due nuove penitenti, la serva fece un

atto disperato, e pensò che era bene andare a far riscaldare il caffè dalla sua amica Grixenda. Eccola dunque col cofanetto sul capo, uscire dietro l'abside, e scendere il viottolo, fra le macchie di rovo scintillanti di rugiada.

Attraverso la porta aperta della vecchia Pottoi si vedeva Grixenda china sulla fiamma del focolare a far bollire il caffè per la nonna ch'era a letto malata.

– Ti secchi ogni giorno di più, – disse Natòlia entrando.

Grixenda infatti era magra e pallida; acerba ancora, ma come inaridita; certe mosse del collo scarno e del viso giallastro ricordavano quelle della nonna. Solo gli occhi brillavano grandi e chiari, pieni di una luce melanconica e insieme perfida, come l'acqua delle paludi giù fra i giuncheti della pianura.

– Il caffè mi si raffredda: adesso poi son venute le tue zie, e diventerà di ghiaccio, – disse Natòlia, traendo la caffettiera dal cofanetto. – Così me ne bevo un po' anch'io.

– Le mie zie! Che sian fustigate! E tu con loro! Se vuoteranno tutto il sacco dei loro peccati, certo troverai il tuo padrone morto di sincope dentro il confessionale...

– Che lingua! Si vede che t'ha morsicato la vipera. Prendi un biscotto, eccolo, te l'offro come un fiore per raddolcirti il cuore...

Ma Grixenda aveva davvero il cuore attossicato e non accettava scherzi.

– Se sei venuta per pungermi ti sbagli, Natòlia: spine tu non ne hai, perché sei l'euforbia, non la rosa. Io non ho dolori, non ho dispiaceri: son forte come il pino in riva al fiume. E verrà un giorno che tu mi manderai un'ambasciata per chiedermi di diventar mia serva.

– Chi devi sposare? Il barone del castello?

– Sposerò un vivo, non un morto, i morti ti si attacchino ai fianchi!

– Mi pare sii stata tu a stregare don Predu.

– Se lo voglio, sposo anche don Predu, – disse Grixenda sollevando fieramente il viso tragico infantile, – ma ho altri pensieri in mente, io!

Natòlia la guardava e ne sentiva pietà: le sembrava un po' fuori di sé, l'infelice, e non insisté quindi nel tormentarla. Prese un altro biscotto e andò a offrirlo a zia Pottoi nel suo buco. Una striscia di luce pioveva dal tetto della stanzetta terrena, illuminando il letto ove la vecchia giaceva vestita e con la collana e con gli orecchini, stecchita e immobile come un cadavere abbigliato per la sepoltura.

Credendola addormentata Natòlia le sfiorò la mano che scottava; ma la vecchia l'attirò a sé dicendole sottovoce:

– Senti, Natòlia, mi farai un piacere: va da Efix Maronzu e digli che devo parlargli: ma che non lo sappia Grixenda: va', piccola tortora, va!

– E dove lo trovo io, Efix? Sarà in paese?

– Egli vien su dal poderetto: lo vedo venir su, – disse la vecchia, mettendosi un dito sulle labbra, perché Grixenda entrava col caffè.

– Vedi, Natòlia; s'è voluta alzare stamattina, e ha la febbre alta. Nonna, nonna, tornate sotto le coperte.

– Tornerò, tornerò: tutti torniamo sotto la coperta, – disse la vecchia, e Natòlia se ne andò con un peso sul cuore.

Cosa strana, ripassando davanti alla casa delle dame vide proprio Efix salire su dalla strada solitaria: andava curvo sotto la bisaccia, così curvo che pareva cercasse qualcosa per terra.

«La vecchia deve morire e *vede* già» pensò Natòlia.

Egli la guardò coi suoi occhi indifferenti come quelli di un animale, e non disse se sarebbe o no andato dalla vecchia: saputo che le sue padrone stavano a confessarsi si tolse la bisaccia, la depose sul gradino e sedette aspettando: le ortiche gli punsero le mani.

La serva allora tornò in chiesa, e guardò se poteva dire alle dame che il servo era giunto, – così avrebbero lasciato libero il prete; ma da una parte del confessionale stava donna Ester di cui si vedeva il lembo dello scialle venir fuori come un'ala nera, e dall'altra stava già donna Noemi, col dorso che ondulava lievemente, a tratti, sotto la stoffa nera opaca, e un piede lungo e nervoso fuori dalla sottana sollevata.

Le altre penitenti pregavano, di qua e di là nella chiesa, accovacciate sul pavimento verdastro: un silenzio profondo, una luce azzurrina, un odore di erba inondavano la Basilica umida e triste come una grotta; la Maddalena affacciata alla sua cornice pareva intenta alle voci della primavera che venivano con l'aria fragrante, e Noemi sentiva anche lei, fin là dentro, fin contro la grata che esalava un odor di ruggine e di alito umano, un tremito di vita, un desiderio di morte, un'angoscia di passione, uno struggimento di umiliazione, tutti gli affanni, i rimpianti, il rancore e l'ansito della peccatrice d'amore.

Rientrando videro Efix rialzarsi a fatica appoggiando la mano allo scalino. Allora Noemi, calda ancora di pietà e d'amore di Dio, s'accorse per la prima volta che il servo si era mal ridotto, vecchio, grigio, con le vesti divenutegli larghe, e tese la mano come per aiutarlo a sollevarsi. Ma egli era già su e non badava all'atto di lei.

E quando furono dentro e donna Ester domandò notizie del poderetto come fosse ancora suo, egli rispose alzando le spalle con rozzezza insolita e andò a lavarsi al pozzo.

Aprile rallegrava anche il triste cortile, le rondini sporgevano la testina nera dai nidi della loggia guardando le compagne che volavano basse come inseguendo la loro ombra sull'erba fitta dell'antico cimitero.

– Efix, mi pare che non stai troppo bene. Tu dovresti prenderti qualche cosa, o riposarti qualche giorno, – disse Noemi.

– Ah, sì, donna Noemi? Se penso invece di camminare!

– Ti dico che stai male: non scherzare. Che hai?

Egli la guardava con occhi vivi, lucidi, ed era tale la sua gioia improvvisa che le rughe intorno agli occhi parevano raggi.

– Invecchio, – disse, battendosi le mani una sull'altra; e d'improvviso la sua gioia se n'andò, com'era venuta.

Egli era tornato in paese perché don Predu aveva mandato a chiamarlo: altrimenti non si sarebbe più mosso dal poderetto. Che poteva la pietà di donna Noemi contro il suo male? Non faceva che aumentarglielo.

Andò dunque dal nuovo padrone e lo trovò arrampicato su una scala a piuoli a potar la vite sotto la rete dei rami del melograno ricamata di foglioline d'oro.

Anche là le rondini s'incrociavano rapide, ma più alte, sullo sfondo latteo del cielo: entro casa si sentivano le donne pulire le stanze e mettere tutto in ordine per la Pasqua, e una grande pace regnava intorno.

Efix non dimenticò più quei momenti. Era partito dal poderetto con la certezza che qualche cosa di straordinario doveva succedere; ma guardando in su ai piedi della scala gli pareva che don Predu fosse anche lui triste, quasi malato, ed esitasse a scendere, con la falciuola scintillante in una mano e nell'altra il tralcio di vite dalla cui estremità violacea stillavano come da un dito tagliato gocce di sangue.

– Aspetta che finisco: o hai fretta d'andartene? – disse don Predu, ma subito si riprese, parve ricordarsi, e scese pesantemente, lasciando che Efix tirasse in là la scala.

– Ecco, – cominciò, quando furono nella stanza terrena piena di sole e d'ombra di rondini, – ecco, io ti devo dire una cosa... – ed esitava guardandosi le unghie, – ecco, io voglio sposare Noemi.

Efix cominciò a tremare così forte che la mano, sul tavolo, pareva saltasse. Allora don Predu si mise a ridere del suo riso goffo e cattivo d'altri tempi.

– Non la vorrai sposare tu, credo! Ti serbo Stefana, lo sai!

Efix taceva: taceva e lo guardava, e i suoi occhi erano così pieni di passione, di terrore, di gioia, che don Predu si fece serio. Ma tentava ancora di scherzare.

– Perché ti turbi tanto? Speri che io ti paghi quello che ti devono? No, sai: tu ti aggiusti con Ester; io non ho che vederci. Eppoi c'è una cosa...

Si raschiò con l'unghia una macchia del corpetto, guardandoci su attentamente.

– Mi vorrà, poi?

– Ah! Che dice! – balbettò Efix.

– Non esser tanto sicuro! Oh, adesso parliamo sul serio. Ho pensato bene prima di decidermi: lo faccio, credi pure, più per dovere che per capriccio. Che aspetto? Dove vado? Alla mia età una donna molto giovane non mi conviene. Ma questo non importa: insomma ho deciso. Ebbene, non te lo nego: Noemi è bella e mi piace, m'è sempre piaciuta, a dirti la verità. Mah! Che vuoi! La vita passa e noi la lasciamo passare come l'acqua del fiume, e solo quando manca ci accorgiamo che manca. Mah, lasciamo stare, – aggiunse, battendosi le mani sulle ginocchia e poi alzandosi e poi rimettendosi a sedere. – Quello che adesso importa è di sapere se Noemi accetta. Io farò la domanda come si conviene; le manderò prete Paskale, o il dottore o chi vuole; ma non voglio prendermi un rifiuto, eh, così Dio mi assista, questo no, perbacco! Tu intendi, Efix?

Efix intendeva benissimo, e accennava di sì, di sì, col capo, con gli occhi scintillanti.

– Devo parlar io, con donna Noemi?

Don Predu gli batté una mano sulle ginocchia.

– Bravo! È questo. E prima è, meglio è, Efix! Queste cose non bisogna lasciarle inacidire. Le dirai: «Chi si deve mandare per la domanda ufficiale? Prete Paskale, o la sorella, o chi?» Se lei dice di non mandare nessuno, tanto meglio, in fede di cristiano, tanto meglio! Eppoi le cose le faremo presto e senza chiasso: non siamo più due ragazzetti. Che ne pensi? Io ho quarantotto anni a settembre, e lei sarà sui trentacinque, che ne dici? Tu sai la sua età precisa? Oh, poi le dirai che non si dia pensiero di nulla: la casa è pronta, le serve ci sono; pettegole, sì, ma ci sono, e pagate bene. La biancheria c'è, tutto c'è. Le provviste non mancano, eh, così Dio la conservi! Basta, di queste cose poi parleremo con Ester. Solo mi dispiace... Ebbene, te lo posso dire: che Ruth sia morta così... Forse anche lei sarebbe stata contenta...

Efix s'alzò. Sentiva qualche cosa pungerlo in tutta la persona, e aveva bisogno di andare, di affrettare il destino.

– Ebbene, aspetta un altro po', diavolo! Ti darò da bere: un po' di acquavite? O anice? Stefana, ira di Dio, c'è il tuo pretendente, Stefana!

S'udivano le donne sbattere i mobili con furore. Finalmente la serva anziana apparve, con un tovagliolo sul capo e un altro in mano, seria e imponente, tuttavia, con gli occhi pieni di rassegnazione ai voleri del padrone. Aprì l'armadio, versò l'anice e guardò Efix con un vago senso di terrore, ma anche per scrutare se egli prendeva sul serio gli scherzi del padrone: ma Efix era così umile e sbigottito ch'ella tornò su e disse alla compagna giovine:

– S'egli ha fatto la stregoneria l'ha fatta bene. La fortuna cade come una saetta su quella gente: pulisci bene, che sarà fatica risparmiata per le nozze.

– Tue con Efix? – disse Pacciana. – Per don Predu bisogna prima aspettare che donna Noemi lo accetti!

Ma Stefana fece le fiche, tanto queste parole le sembravano assurde.

Quando fu nella strada dopo che don Predu lo ebbe accompagnato fino al portone come un amico, Efix si guardò attorno e sospirò.

Tutto era mutato; il mondo si allargava come la valle dopo l'uragano quando la nebbia sale su e scompare: il Castello sul cielo azzurro, le rovine su cui l'erba tremava piena di perle, la pianura laggiù con le macchie rugginose dei giuncheti, tutto aveva una dolcezza di ricordi infantili, di cose perdute da lungo tempo, da lungo tempo piante e desiderate e poi dimenticate e poi finalmente ritrovate quando non si ricordano e non si rimpiangono più.

Tutto è dolce, buono, caro: ecco i rovi della Basilica, circondati dai fili dei ragni verdi e violetti di rugiada, ecco la muraglia grigia, il portone corroso, l'antico cimitero coi fiori bianchi delle ossa in mezzo all'avena e alle ortiche, ecco il viottolo e la siepe con le farfalline lilla e le coccinelle rosse che sembrano fiorellini e bacche: tutto è fresco, innocente e bello come quando siamo bambini e siamo scappati di casa a correre per il mondo meraviglioso.

La basilica era aperta, in quei giorni di quaresima, ed Efix andò a inginocchiarsi al suo posto, sotto il pulpito.

La Maddalena guardava, lieta anche lei, come una dama spagnola ospite dei baroni affacciata a un balcone del Castello. Sentiva la primavera anche lei, era felice benché fossero i giorni della passione di Nostro Signore. Qualche ricco feudatario doveva averla domandata in sposa, ed ella sorrideva ai passanti, dal suo balcone, e sorrideva anche ad Efix inginocchiato sotto il pulpito.

– Signore, Vi ringrazio, Signore, prendetevi adesso l'anima mia; io sono felice d'aver sofferto, d'aver peccato, perché esperimento la vostra Misericordia divina, il vostro perdono, l'aiuto vostro, la vostra infinita grandezza. Prendetevi l'anima mia, come l'uccello prende il chicco del grano. Signore, disperdetemi ai quattro venti, io vi loderò perché avete esaudito il mio cuore...

Eppure nell'alzarsi a fatica, con le ginocchia indolenzite, provò un senso di pena, come se l'ombra di una nuvola passasse nella chiesa velando il viso della Maddalena.

Anche il viso di donna Noemi, curva a cucire nel cortile, era velato d'ombra.

Efix colse una viola del pensiero dall'orlo del pozzo e andò a offrirgliela. Ella sollevò gli occhi meravigliati e non prese il fiore.

– Indovina chi glielo manda? Lo prenda.

– Tu l'hai colto e tu tientelo.

– No, davvero, lo prenda, donna Noemi.

Sedette davanti a lei, per terra, a gambe in croce come uno schiavo, prendendosi i piedi colle mani: non sapeva come cominciare, ma sapeva già che la padrona indovinava. Infatti Noemi aveva lasciato cadere la viola in una valletta bianca della tela; le batteva il cuore; sì, indovinava.

– Donna Ester dov'è? – disse Efix curvandosi sui suoi piedi. – Come sarà contenta, quando saprà! Don Predu mi aveva fatto tornare in paese per questo...

– Ma che cosa dici, disgraziato?

– No, non mi chiami disgraziato! Sono contento come se

morissi in grazia di Dio in questo momento e vedessi il cielo aperto. Sono stato in chiesa, prima di tornar qui, a ringraziare il Signore. In coscienza mia, è così...

– Ma perché, Efix? – ella disse con voce vaga, pungendo con l'ago la viola. – Io non ti capisco.

Egli sollevò gli occhi: la vide pallida, con le labbra tremanti, con le palpebre livide come quelle di una morta. È la gioia, certo, che la fa sbiancare così; ed egli prova un tremito, un desiderio d'inginocchiarsi davanti a lei e dirle: sì, sì, è una grande gioia, donna Noemi, piangiamo assieme.

– Lei accetta, donna Noemi, padrona mia? È contenta, vero? Devo dirgli che venga?

Ella fece violenza a se stessa; si morsicò le labbra, riaprì gli occhi e il sangue tornò a colorirle il viso, ma lievemente, appena intorno alle palpebre e sulle labbra. Guardò Efix ed egli rivide gli occhi di lei come nei giorni terribili, pieni di rancore e di superbia. L'ombra ridiscese su lui.

– Non si offenda se gliene parlo io per il primo, donna Noemi! Sono un povero servo, sì, ma sono chiuso come una lettera. Se lei accetta, don Predu manderà il prete a far la domanda, o chi vuol lei...

Noemi buttò giù la viola ferita e si rimise a cucire. Pareva tranquilla.

– Se Predu ha voglia di ridere, rida pure; non m'importa nulla.

– Donna Noemi!

– Sì, sì! Non dico che non faccia sul serio, sì. Allora non saresti lì. Ma adesso fa' il piacere, alzati e vattene.

– Donna Noemi?

– Ebbene, che hai adesso? Levati, non star lì inginocchiato, con le mani giunte! Sei stupido!

– Ma donna Noemi, che ha? Rifiuta?

– Rifiuto.

– Rifiuta? Ma perché, donna Noemi mia?

– Perché? Ma te lo sei dimenticato? Sono vecchia, Efix, e le vecchie non scherzano volentieri. Non parlarmene più.

– Questo solo mi dice?

– Questo solo ti dico.

Tacquero. Ella cuciva: egli aveva sollevato le ginocchia e si stringeva in mezzo le mani giunte. Gli pareva di sognare, ma non capiva. Finalmente alzò gli occhi e si guardò attorno. No, non sognava, tutto era vero; il cortile era pieno di sole e d'ombra: qualche filo di legno cadeva dal balcone come cadono le foglie dei pini in autunno; e al di là del muro si vedeva il monte bianco come di zucchero, e tutto era soave e tenero come al mattino quando egli era uscito dalla casa di don Predu. Gli pareva di sentire ancora le donne a sbattere i mobili; ma erano colpi sulla sua persona; sì, qualche cosa lo percoteva, sulla schiena, sulle spalle, sulle scapole e sui gomiti e sui ginocchi e sulle nocche delle dita. E donna Noemi era lì, pallida, che cuciva, cuciva, che gli pungeva l'anima col suo ago: e le rondini passavano incessantemente in giro, sopra le loro teste, come una ghirlanda mobile di fiori neri, di piccole croci nere. Le loro ombre correvano sul terreno come foglie spinte dal vento: ed egli ricordò la pena provata nell'alzarsi di sotto il pulpito e l'ombra sul viso della Maddalena. Sospirò profondamente. Capiva. Era il castigo di Dio che gravava su lui.

Allora, piano piano, cominciò a parlare, afferrando il lembo della gonna di Noemi, e non capiva bene ciò che diceva, ma doveva essere un discorso poco convincente perché la donna continuava a cucire e non rispondeva, di nuovo calma con un sorriso ambiguo alle labbra.

Solo dopo ch'egli parve aver detto tutto, tutte le miserie passate, tutti gli splendori da venire, ella parlò, ma piano, sollevando appena gli occhi quasi parlasse con gli occhi soltanto.

– Ma non prenderti tanto pensiero, Efix, non immischiarti oltre nei fatti nostri. E poi lo sai: abbiamo vissuto finora; non siamo state bene, finora? Che ci è mancato? E tireremo avanti, con l'aiuto di Dio: il pane non mancherà. In casa di Predu c'è troppa roba e non saprei neppure custodirla.

Efix meditava, disperato. Che fare, se non ricorrere a qualche menzogna?

Riprese a palparle la veste.

– Eppoi devo dirle cose gravi, donna Noemi mia. Non volevo, ma lei, con la sua ostinazione, mi costringe. Don Predu è tanto preso che se lei non lo vuole morrà. Sì, è come stregato, non dorme più. Lei non sa cosa sia l'amore, donna Noemi mia; fa morire. È poca coscienza far morire un uomo...

Allora Noemi rise e i suoi denti intatti luccicarono sino in fondo come quelli d'una fanciulla follemente allegra. Quel riso fece tanto male a Efix, lo irritò, lo rese maligno e bugiardo.

– Eppoi un'altra cosa più grave ancora, donna Noemi! sì, mi costringe a dirgliela. Don Giacinto minaccia di tornarsene qui... Intende?

Ella smise di cucire, si drizzò sulla vita, si piegò indietro col viso per respirare meglio: le sue mani abbrancarono la tela.

Ed Efix balzò su spaventato, credendo ch'ella stesse per svenire.

Ma fu un attimo. Ella tornò a guardarlo coi suoi occhi cattivi e disse calma:

– Anche se torna non c'è più nulla da perdere. E non abbiamo bisogno di nessuno per difenderci.

Egli raccolse di terra la viola e andò a sedersi sulla scala, come la notte dopo la morte di donna Ruth. Non si domandava più perché Noemi rifiutava la vita: gli sembrava di capire. Era il castigo di Dio su lui: il castigo che gravava su tutta la casa. Ed egli era il verme dentro il frutto, era il tarlo che rodeva il destino della famiglia. Appunto come il tarlo egli aveva fatto tutte le sue cose di nascosto: aveva roso, roso, roso, adesso si meravigliava se tutto s'era sgretolato intorno a lui? Bisognava andarsene: questo solo capiva. Ma un filo di speranza lo sosteneva ancora, come lo stelo ancor fresco sosteneva la viola livida ch'egli teneva fra le dita. Dio non abbandonerebbe le disgraziate donne. Andato via lui, donna Noemi, forse offesa dalla stessa maniera dell'ambasciata, si piegherebbe. Dopo tutto, due donne sole non possono vivere.

Bisognava andare. Come aveva fatto, a non capirlo ancora? Gli sembrò che una voce lo chiamasse: e una voce lo chiamò davvero, al di là del muro, dal silenzio della strada.

S'alzò e s'avviò: poi tornò indietro per riprendere la bisaccia attaccata al piuolo sotto la loggia. Il piuolo, fisso lì da secoli, si staccò e balzò fra i ciottoli del cortile come un grosso dito nero. Egli trasalì. Sì, bisognava andarsene: anche il piuolo si staccava per non sostener più la bisaccia.

E con sorpresa di Noemi, che aveva seguito con la coda dell'occhio tutti i movimenti di lui, egli non riattaccò il piuolo, e s'avviò.

– Efix? Te ne vai?

Egli si fermò, a testa bassa.

– Non aspetti Ester? Torni per Pasqua?

Egli accennò di no.

– Efix, ti sei offeso? Ti ho detto qualche cosa di male?

– Nulla di male, padrona mia. Solo che devo andare: è ora.

– E allora va in buon'ora.

Egli pensò un momento: gli parve di dimenticare qualche cosa, come quando si sta per intraprendere un viaggio e ci si domanda se si è provvisti di tutto.

– Donna Noemi, comanda nulla?

– Nulla. Solo mi pare che tu stia male: sei malato? Sta qui, chiameremo il dottore: ti tremano le gambe.

– Devo andare.

– Efix ascolta: non averti a male di quanto t'ho detto. È così, non posso, credi. Lo so che ti fa dispiacere, ma non posso. Non dir nulla a Ester. E va, se vuoi andare. Ma se ti senti male torna; ricordati che questa è casa tua.

Egli s'accomodò sulle spalle la bisaccia e uscì. Sugli scalini del portone scosse i piedi uno dopo l'altro per non portar via neppure la polvere della casa che abbandonava.

CAPITOLO XIII

Fuori lo aspettava Zuannantoni.

– Vi ho chiamato tre volte: andiamo, c'è nonna che sta male e vuol parlarvi: perché non venite? Non vi si prende il pane dalla bisaccia.

La vecchia stava ancora vestita sul letto, coi polsi nudi, rossicci e ardenti come tizzi accesi, pareva assopita, ma quando Efix si curvò su di lei gli disse con voce afona:

– Lo vedi? Essa è andata al fiume, per lavare, perché lavorare bisogna. E tu avevi detto che la sposava!

– Zia Pottoi! Pazienza bisogna avere. Siamo nati per patire.

La vecchia sollevò il braccio e lo attirò a sé tenacemente. Un odore di putrefazione e di tomba esalava dal lettuccio; ma egli non si scostò sebbene sentisse la collana di zia Pottoi, calda come fosse stata sul fuoco, sfiorargli il viso e l'alito di lei passargli sui capelli come un ragno.

– Ascoltami, Efix, siamo davanti a Dio. Io sto per partire: verrà lui stesso, a prendermi, don Zame, come avevamo convenuto al tempo della nostra fanciullezza. Adesso è tempo d'andarcene assieme. E per la strada gli dirò che non si fermi dov'è caduto, dove tu lo hai ucciso, e che ti perdoni per l'amore che hai portato alle sue figlie. Ti perdonerà, Efix; hai portato il carico abbastanza, ma tu, tu, Efix, a tua volta salva Grixenda mia: essa sta per perdersi; aspetta solo la mia morte per fuggire, e io non posso chiuder gli occhi tranquilla. Tu va dal ragazzo, e digli che non la perda, che si ricordi che ha promesso di sposarla. E che la sposi, sì, così anche donna

Noemi non penserà più a lui. Va.

Lo respinse ed egli spalancò gli occhi, ma gli parve di averli bruciati, coperti di cenere, come tornasse dall'inferno. La vecchia non aveva riaperto i suoi: con le mani rigide, le dita dure aperte, muoveva ancora le labbra violette orlate di nero, ma non parlava più.

Non parlò più.

Dal buco del tetto pioveva come da un imbuto capovolto un raggio dorato che illuminava sul lettuccio il suo corpo nero e le sue collane, lasciando scuro il resto della stanza desolata.

Efix guardava come dal fondo di un pozzo quel punto alto lontano; ma d'improvviso gli parve che il raggio deviasse, piovesse su lui, illuminandolo. Tutto era chiaro, così. I suoi occhi oramai distinguevano tutto, gli errori scuri intorno, il centro luminoso, che era il castigo di Dio su lui.

E riprese la bisaccia, senza più parlare, e se ne andò.

Passando davanti alla casa di don Predu chiamò Stefana e le disse ch'era costretto a partire per affari suoi e che non sapeva quando sarebbe tornato.

– Di' almeno dove vai.

– A Nuoro.

Per arrivare a Nuoro impiegò due giorni. Andava su, piano piano, a piccole tappe, buttandosi sull'orlo della strada quando era stanco. Chiudeva gli occhi, ma non dormiva: riaprendoli vedeva lo stradone giallognolo perdersi tra il verde e l'azzurro delle lontananze, su verso i monti del Nuorese, giù verso il mare della Baronia, e gli pareva di esser sempre vissuto così, sull'orlo d'una strada metà percorsa, metà da percorrere: laggiù in fondo, aveva lasciato il luogo del suo delitto, lassù, verso i monti, era il luogo della penitenza.

Il tempo era bello; le valli eran già coperte d'erba e le pervinche fiorivano sorridenti come occhi infantili.

Reti d'acqua scintillavano tra il verde delle chine, e il fiume mormorava fra gli ontani. Qualche carro passava nello stradone, e ad Efix veniva desiderio di chiedere d'essere portato; ma subito se ne affliggeva.

No, doveva camminare per penitenza, *arrivare* senza aiuto di nessuno.

Questo suo primo viaggio aveva però uno scopo; egli quindi si preoccupava ancora delle cose del mondo, e di arrivare presto e di sbrigarsi: dopo, gli pareva, sarebbe stato libero, solo col suo carico da portare con pazienza fino alla morte.

La prima notte sostò in una cantoniera della valle, ma non poté dormire. La notte era limpida e dolce; sul cielo bianco sopra la valle chiusa da colonne di rocce la luna pendeva come una lampada d'oro dalla volta d'un tempio: ma un uomo malato gemeva nella cantoniera triste come una stalla, e il dolore umano turbava la solitudine.

Efix ripartì prima dell'alba, più stanco di prima. Ed ecco i monti d'Oliena sorgere dalle tenebre bianchi e vaporosi come una massa d'incenso di fronte al rozzo altare di granito dell'Orthobene: tutto il paesaggio ha un aspetto sacro, e il Redentore ferma il volo sulla roccia più alta, con la croce che sbatte le sue braccia nere sul pallore dorato del cielo.

Ed Efix s'inginocchia ma non prega, non può pregare, ha dimenticato le parole; ma i suoi occhi, le mani tremanti, tutto il suo corpo agitato dalla febbre è una preghiera.

A misura che saliva verso Nuoro sentiva come un gran cuore sospeso sopra la valle palpitare forte, sempre più forte.

«È il Molino, e Giacinto è là» pensò con gioia.

Era l'ultima tappa del suo viaggio mondano, l'ultima salita

del suo calvario, quel vicolo in salita, lurido, oleoso, con un gattino morto in mezzo alle immondezze e il cielo rosso sopra i muri alti coperti di gramigne.

Arrivato a metà si volse: l'ombra saliva dalla valle, descrivendo un cerchio bruno su per le chine rosee dell'Orthobene, e raggiungeva anche lui su per il vicolo. In alto era l'ansito del Molino, un palpito maschio in contrasto col richiamo femineo d'una campana che suonava a vespro; e sullo sfondo della strada passavano contadini coi buoi aggiogati, borghesi imponenti come don Predu, donne con anfore sul capo: altre donne sedevano, pallide, in riposo, sulle pietre dei muricciuoli che recingevano un cortiletto esterno.

Efix si mise a parlare con loro, fermo stanco con la bisaccia che gli scivolava dalle spalle.

– Dove sta don Giacinto?

– Chi? Quello del Molino? Qui, più sopra: cosa gli porti in quella bisaccia? Sei il suo servo?

– Sì: e che fa, don Giacinto?

– Eh, lavora e si diverte. È allegro. È un ragazzo d'oro. Tutte le donne gli vanno appresso... se lo contrastano come un dolce di miele...

Allora Efix ricordò la festa del Rimedio, Natòlia e Grixenda che ballavano stringendosi in mezzo lo straniero; e un dolore cocente lo punse, ma col dolore un intenso desiderio di fare qualche cosa contro il destino.

– Ma dove posso trovarlo? È al Molino, adesso?

– Ecco che viene!

Ecco infatti Giacinto arriva frettoloso, a testa nuda, coi capelli e i vestiti bianchi di farina: già qualcuno era corso ad avvertirlo dell'arrivo del servo.

– Che cosa sei venuto a cercare fin quassù? – gli domandò, afferrandolo e scuotendolo per gli omeri.

Efix lo guardava senza rispondere lasciandosi trascinare su per la straducola fino a un cortiletto chiuso fra due casette sopra la valle: un uomo, un borghese piccolo quasi nano, con gli occhi grandi melanconici e il viso bianco, attingeva acqua dal pozzo e Giacinto lo presentò come il suo padrone di casa.

– Devo parlarti, – disse Efix.

– E son qui, parla.

Sedettero nella cucina, ma il borghese preparava la cena ed Efix non voleva parlare in sua presenza: da parte sua Giacinto scherzava e rideva e non sollecitava il colloquio.

Attraverso il finestrino si vedeva sulle rocce dell'Orthobene il Redentore piccolo come una rondine, e dall'orto saliva un odore di violacciocche che ricordava il cortile laggiù delle dame.

Efix si sentiva dolere il cuore ma non poteva parlare. Solo disse:

– Giacintì, sei diventato allegro, mi pare!

– Che fare? Impiccarmi?

Ma l'ometto curvo a cuocere i maccheroni sollevò gli occhi tristi e Giacinto rise e guardò le travi del tetto.

– Sai, Efix, i primi giorni che venni qui, a pensione da questo buon servo di Dio, tentai davvero di appiccarmi. Rammentate, Micheli? – l'ometto accennò di sì, ma scuotendo la testa con rimprovero. – Ed egli mi salvò, mi mise a letto come un bambino; mi legava, quando usciva; avevo la febbre alta: ma poi passò tutto, e adesso sono allegro e contento. Vero, Micheli? Non sono allegro e contento? Su, Efix, parla. Tu certo sei venuto a turbare la mia allegria.

– La vecchia Pottoi è morta, – disse Efix finalmente, e Giacinto gli accostò la sua forchetta al viso quasi volesse pungerlo.

– Va, uccello di malaugurio! Lo sapevo che portavi la notizia di una morte! E altro?

– E Grixenda si prepara a lasciarci. Te la vedrai capitare qui fra qualche giorno: ecco, questo son venuto a dirti.

Giacinto rifece il viso infantile di un tempo, triste e spaventato.

– Ah, questo no, questo no! Io non voglio che venga!

– Non vuoi? E come puoi impedirglielo? D'altronde è tua fidanzata: hai promesso di sposarla.

– Io non posso sposarla: vero, vero che non posso, Micheli? Non posso e non voglio! Non sono in condizioni di sposarmi: sono un pezzente, ho altri doveri, tu lo sai. Ebbene, posso parlare davanti a quest'uomo, che sa tutto di me, come lo sai tu, e mi compatisce. Io devo pagare il debito delle zie. È per questo che volevo morire: perché avevo la disperazione nel cuore. Ma quest'uomo mi disse: ti terrò *gratis* in casa mia, ti darò alloggio e anche da mangiare quando ne ho, ma tu devi lavorare e pagare il tuo debito.

Efix guardava l'ometto tra il meravigliato e il diffidente e pareva chiedergli con gli occhi «perché tanta generosità?» E l'uomo, che mangiava col viso curvo sul piatto, sollevò gli occhi e disse:

– Perché siamo cristiani!

Allora Efix tornò come dentro di sé nella casa della sua anima, e ricordò perché era venuto.

– Giacinto, eppure bisogna che tu sposi Grixenda. Essa verrà qui, a giorni; non mandarla via, non perderla!

– Ma, sant'uomo! Non hai orecchie per ascoltare? Io ti dico che non posso tenerla, che non posso sposarla: devo pagare il debito delle zie!

– Tu lo pagherai sposandola.

– Ha ereditato tanto? – disse allora Giacinto ridendo; ma Efix lo guardava serio, e ripeté due volte:

– Sono venuto per parlarti di questo.

Il padrone di casa capì che la sua presenza era di troppo e
se ne andò via silenzioso nonostante le proteste e i richiami
di Giacinto.

– Lascialo, – disse Efix. – Quello che ho da dirti, nessuno
deve saperlo.

Eppure, rimasti soli, provarono entrambi un senso d'im-
barazzo; la luce pareva un ostacolo fra di loro. Uscirono nel
cortiletto, sedettero sullo scalino, e Giacinto tirò la porticina
dietro di sé, come per impedire al lume e al fuoco di ascoltare; ed Efix cercava le parole per trar fuori dal suo cuore il
penoso segreto. Ah, gli sembrava talmente grande e pesante
da non poterlo trarre intero: a brani, forse, sì, sanguinante. Si
curvò su se stesso: scavava, silenzioso, tirava, tirava su, come
un macigno da un pozzo. Finalmente si sollevò sospirando,
stanco e impotente.

– Giacinto, così ti dico. Le cose del mondo son così. Don
Predu vuole sposare donna Noemi e donna Noemi non vuole. Colpa tua!

Giacinto non rispose, ma gli afferrò forte il braccio e parve
volesse stroncarglielo: poi glielo lasciò.

Efix lo sentiva ansare lievemente, come colto da malessere,
e a sua volta, mentre si stringeva il braccio che gli ardeva per
la stretta, respirò con angoscia.

– Sì, colpa tua, colpa tua, – ricominciò quasi aggressivo. –
Non lo sapevi? Alla buon'ora! La vecchia almeno questo non
te lo ha detto. Ma adesso bisogna pensarci sul serio. Bisogna
toglierle questo verme dal cervello, a tua zia, intendi? Intendi?

– Che posso farci io? – disse finalmente Giacinto. E parve
ricadere di nuovo nella sua antica tristezza. Curvo su sé stesso
nell'ombra guardava la terra ai suoi piedi e vedeva un abisso
nero.

– Che puoi farci? Lo sai, te l'ho detto: comincia tu a fare il tuo dovere; poi lei farà il suo...

– Che posso fare, che posso io? Tu credi che siamo noi a fare la sorte? Ricordati quello che dicevamo laggiù al podereto: te lo ricordi? E tu, sei stato tu, a fare la sorte?

Ed anche Efix si curvò; e stettero così, vicini, tanto che l'uno sentiva il caldo del fianco dell'altro; stettero quasi tempia contro tempia, come ascoltando una voce di sotterra.

– Vero è! Non possiamo fare la sorte, – ammise Efix.

– Eppoi, tu credi ch'ella sarebbe felice, sposando zio Pietro? Non basta il pane per renderci felici; adesso me ne accorgo anch'io... Ci vuole altro!

– Ma tu, dimmi... tu...

– Io?

– Sì, tu, sapevi?

– Che vuoi che ti dica? Un uomo si accorge sempre di queste cose. Ma io ti giuro sull'anima di mia madre, io l'ho sempre rispettata, Noemi, come una cosa sacra... Eppure, sì, te lo dico, perché so che posso dirtelo, solo una volta, quando ella è svenuta ed io ho pianto sopra i suoi occhi, sì, posso dirtelo come potrei dirlo a mia madre, con la stessa innocenza, sì, ci siamo guardati... attraverso le lacrime, e forse allora... forse allora... Non so, ecco; non ti dico altro. Ma forse per questo sono andato via, più che per quanto avevo commesso di male.

– Lascia ch'io ti domandi un'altra cosa. Quando tu sei venuto al podereto, l'ultima volta, tu sapevi già?

– Sapevo già.

– Ebbene, – disse Efix sollevandosi, – tu sei un uomo!

– Che vuoi? – rispose Giacinto subito lusingato. – Conosco un po' la vita, null'altro. Si fa presto a conoscere la vita, quando si nasce dove sono nato io. Ma tu pure conosci la vita, a modo tuo, e per questo ci siamo capiti anche parlando un diverso linguaggio. Ricordati quando scendevo al poderetto... Io giocavo e misi la firma falsa perché volevo pagare il Capitano e far bella figura davanti a lui, tornando. Egli avrebbe detto: quell'infelice s'è sollevato. E invece sono andato più giù, più giù... Ma era come una pazzia che m'era presa: adesso ho aperto gli occhi e vedo dov'è la vera salvezza. Tu, dove l'hai trovata la vera salvezza? Vivendo per gli altri: e così voglio far io, Efix, – aggiunse, parlandogli accosto al viso; – sei tu che mi hai salvato: io voglio essere come te... Rispondi, ho ragione? Io ti ho buttato per terra, laggiù ad Oliena, ma anche i santi son stati maltrattati, e per questo non cessano d'essere santi. Rispondi, ho ragione? – ripeté scuotendolo per le spalle. – Ricordi le cose che dicevamo al poderetto? Io le ricordo sempre, e dico appunto a me stesso: Efix ed io siamo due disgraziati, ma siamo veramente uomini tutti e due, più dello zio Pietro, più del Milese, certo! Zio Pietro? Cos'è zio Pietro? Ha lasciato le zie soffrire sole per tanti anni, esposte a tutte le miserie e alle beffe di tutto il paese: e adesso anche lui crede di far bene perché vuole sposare Noemi! Lo fa perché la donna gli piace come donna, come a me piace Grixenda, null'altro. È amore, quello, è carità? E lei fa bene a non volerlo. Fa bene! La approvo! Il vero amore è stato il tuo, verso di loro; e se c'è qualcuno ch'esse dovrebbero amare e sposare, sì, lo dico, saresti tu, non lo zio Pietro... Invece ti han cacciato via come un cane vecchio, adesso che non sei buono più a niente; eppure tu le ami di più per questo, perché il tuo cuore è un vero cuore di uomo. Ebbene, cosa fai adesso? Ohè, uomo!... Vergognati! Non hai pianto abbastanza? Su, coraggio, uomo! Cammina.

Lo scosse di nuovo afferrandolo da dietro, per gli omeri: ma Efix piangeva piegato in due, con la testa fra le ginocchia, e mentre il suo gemito riempiva il silenzio della notte,

egli ricordava il sangue che aveva vomitato davanti alla vecchia chiesa d'Oliena, dopo l'altra scena con Giacinto; e anche
adesso gli pareva che tutto il sangue gli uscisse dagli occhi:
tutto il sangue cattivo, il sangue del peccato. Il suo corpo
ne rimaneva esausto, e l'anima vi si sbatteva dentro, in uno
spazio vuoto e nero come la notte; ma le parole d'amore di
Giacinto balenavano lucenti sullo sfondo tenebroso, e le sue
stesse lagrime lo illuminavano, gli splendevano intorno come
stelle.

Rimase una settimana a Nuoro.

Tanto lui che Giacinto aspettavano di vedere da un momento all'altro arrivare Grixenda; ma i giorni passavano ed
ella non veniva.

Giacinto non aveva preso ancora una decisione in proposito, ma sembrava tranquillo, lavorava, tornava a casa solo
durante l'ora dei pasti, e scherzava col suo padrone di casa
domandandogli consiglio sul modo di accogliere la ragazza.

– Perderla certo non voglio, povera orfana! Se la sposassimo con voi? Una donna in casa ci vuole.

L'ometto lo guardava con rimprovero, ma non parlava,
almeno in presenza di Efix. E questo non voleva, a sua volta,
forzare la sorte, e pensava ch'era peccato cercare di opporsi ai
voleri della provvidenza. Bisognava abbandonarsi a lei, come
il seme al vento. Dio sa quello che si fa.

Intanto non si decideva ad andarsene, aspettando Grixenda; e quando non c'era in casa Giacinto scendeva il vicolo,
sedeva sul ciglione della valle e spiava la strada bianca ai piedi
del Monte. Il palpito del Molino gli dava un senso di com-
mozione, quasi di sgomento: gli pareva il battito d'un cuore,
d'un cuore nuovo che ringiovaniva la vecchia terra selvaggia.
Là dentro a quel palpito batteva il sangue di Giacinto, ed

Efix sentiva voglia di piangere pensando a lui. Eccolo, gli
sembra sempre di vederlo, alto, sereno, bianco di farina come
una giovine pianta coperta di brina, purificato dal lavoro e
dal proposito del bene. Tutti lo amano, ed egli è gentile con
tutti. Le donne che portano il frumento al Molino si aggrap-
pano intorno a lui curvo a pesare la farina, e lo guardano con
occhi di madre, con occhi d'amore. Efix era stato una sera
a trovarlo, e fra il rombare della macchina e l'agitarsi delle
figure pallide su uno sfondo ardente, fra l'incrociarsi delle
ombre e lo stridere dei pesi, gli era parso di intravedere uno
scorcio del Purgatorio, e Giacinto che penava fra i dannati ma
aspettando il termine dell'espiazione.

La domenica dopo Pasqua andò a una piccola festa cam-
pestre nella chiesetta di Valverde.

Era un pomeriggio freddo e sulla vallata dell'Isalle battuta
dal vento di tramontana, con Monte Albo giù in fondo fra
le nuvole come una nave incagliata in un mare burrascoso,
pareva dominasse ancora l'inverno.

Efix seguiva una fila di paesane avvolte nelle loro tuniche
grevi, e col vento che gli batteva sul petto sentiva qualche
cosa di nuovo, di forte, penetrargli nel cuore. La gente camminava triste ma tranquilla, come in processione, avviata non
a un luogo di festa ma di preghiera: anche una fisarmonica
lontana ripeteva il motivo religioso delle laudi sacre, ed egli
sentiva che la sua penitenza era cominciata.

Arrivato alla chiesetta, sull'alto della china rocciosa, sedette accanto alla porta e si mise a pregare: gli sembrava che la
piccola Madonna guardasse un po' spaurita dalla sua nicchia
umida la gente che andava a turbare la sua solitudine, e che il
vento soffiasse sempre più forte e il sole cadesse rapido sopra
la valle per costringere gl'importuni ad andarsene. Infatti le

donne si avvolgevano meglio nelle loro tuniche e dopo aver recitato il rosario s'avviavano al ritorno.

Non rimasero che una venditrice di torroni e di pupazzi di farina nera ricoperti di zucchero; e due uomini seduti uno per parte davanti alla porta della chiesetta sotto l'atrio in rovina.

Efix sedeva poco distante da loro e li guardava gravemente: li riconosceva, li aveva veduti laggiù alla Festa del Rimedio: erano due mendicanti vestiti decentemente da borghesi, con pantaloni turchini e giacca di fustagno: uno, giovane ancora, alto e curvo, col viso giallo scarnificato ove pareva fosse rimasta la sola pelle sulle ossa, con le palpebre livide abbassate, chiedeva, chiedeva muovendo appena le labbra grigie sui grandi denti sporgenti, come dormisse e parlasse in sogno, indifferente al mondo esterno. L'altro, vecchio ma forte, col viso rosso cremisi congestionato, tutta la persona agitata da un tremito che sembrava finto, aveva messo il cappello fra le sue gambe aperte e di tanto in tanto si curvava a guardarvi dentro le piccole monete.

Ma la sera cadeva rapida, grave di nuvole, e la gente se ne andava. Anche la donna dei confetti chiuse le sue cassette ancora piene e si mise a parlare sdegnosa coi mendicanti.

– Non vale la pena di far tanta strada! Festa da niente, fratelli miei!

– Non si campa più, – disse il vecchio, e versò le monete in un fazzoletto e rimise il cappello in testa. Ma quando fu per alzarsi ricadde, come se i piedi gli scivolassero sul selciato dell'ingresso, e batté la testa al muro e le mani al suolo.

Al tintinnire delle monete contro la pietra l'altro mendicante sollevò il viso terreo spalancando gli occhi vitrei come sentisse un rumore minaccioso.

Il vecchio gemeva. La donna ed Efix s'erano precipitati su lui, ma non riuscirono a fargli tener sollevata la testa.

– Bisogna distenderlo, – disse la donna, – ora gli darò un po' di liquore. Mettilo giù, aiutami.

Fu messo giù, ma le gocce d'un liquido verde ch'ella tentò di versargli in bocca sopra i denti serrati gli si sparsero sul mento.

– Pare morto. E tu, non ti muovi? – ella disse all'altro mendicante. – Era malato? Non rispondi?

L'uomo tentò di parlare, ma solo un mugolìo tremulo gli uscì di bocca: poi scoppiò a piangere.

– Va', muoviti, chiama i pastori che stanno lassù nel bosco...

– Dove lo mandi che è cieco? – disse Efix, inginocchiato con una mano sul cuore del vecchio. Il cuore sussultava, come tentando ogni tanto di sollevarsi e subito ricadendo.

E l'ombra si addensava rapida; ogni nuvola, passando sul vicino orizzonte, lasciava un velo, il vento urlava dietro la chiesa, tutte le macchie tremavano protendendosi in là verso la valle, e pareva volessero fuggire, luminose d'un verde metallico, agitate da una convulsione di tristezza e di terrore.

Anche la donna ebbe paura della solitudine e di quella morte improvvisa. Si mise le cassette sul capo e disse:

– Bisogna che vada. Avvertirò il medico, a Nuoro.

Così Efix rimase solo, fra il moribondo ed il cieco.

– Il mio compagno soffriva di cuore, – raccontava il mendicante. – Anche questi giorni scorsi è stato male: ma nessuno ci credeva. La gente non crede mai...

– Era tuo parente?

– No; ci siamo incontrati dieci anni fa, alla Festa del Miracolo. Io allora avevo un compagno, Juanne Maria, che mi maltrattava. Mi maltrattava come un cane. Allora questo povero vecchio mi prese con sé: mi teneva come un figlio, non mi lasciava mai la mano se non ero seduto al sicuro. Adesso è finito...

– E adesso come farai?

– Cosa vuoi che faccia? Starò qui, aspettando la morte. Ho tutto con me, sia salva l'anima mia.

– Io posso ricondurti fino a Nuoro, – disse Efix, e d'improvviso cominciò a piangere.

Curvo sul moribondo tentava di rianimarlo bagnandogli le labbra col liquore lasciato dalla donna e la fronte con uno straccio inzuppato nel vino. Ma il viso tragico si tingeva di viola e di verde, sempre più duro e immobile alla luce fosca del crepuscolo. Anche il cuore cessò di battere. Efix riviveva l'ora più terribile della sua vita: ricordava il ponte, laggiù, fra l'ondulare dei giuncheti alla luna, e lui curvo a sentire il cuore del suo padrone morto...

Eppure si sentiva sollevato, come uno che dopo lungo errare in luoghi impervi ritrova la via smarrita, il punto donde è partito.

– Ma tu, non vai? – domandò il cieco sempre immobile al suo posto.

– Andrò quando Dio comanda. Adesso accendo il fuoco perché bisogna passare qui la notte.

Andò in cerca di legna: il vento infuriava sempre più e le nuvole salivano e scendevano dall'Orthobene, giù e su come torrenti di lava, come colonne di fumo, spandendosi su tutta la valle: ma sopra le alture di Nuoro una striscia di cielo rimaneva di un azzurro triste di lapislazzuli e la luna nuova tramontava rosea fra due rupi.

Ritornando verso la tettoia Efix vide il cieco che s'era mosso e stava curvo sul compagno, chiamandolo a nome. Piangeva e cercava l'involto delle monete. Trovato che l'ebbe se lo cacciò in seno e continuò a piangere.

Passarono la notte così. Il cieco raccontava le sue vicende, alternandole a racconti della Bibbia, e il suo dolore si calmava rapido, come un male violento che passa presto.

– Cosa credi, fratello mio? Io son nato ricco, mio padre era come Giacobbe, ma senza tanti figli, e diceva: non importa che mio figlio sia cieco, i suoi occhi son d'oro (alludeva alle sue ricchezze) e ci vedrà lo stesso. E mia madre, che aveva una voce dolce come un frutto, mi ricordo, diceva: basta che il mio Istène si conservi innocente, tutto il resto non importa. E così ti dico, fratello mio, mi hanno mangiato la roba, morto mio padre e mia madre, mi hanno piluccato come un grappolo d'uva, tutti, parenti e conoscenti. Dio li perdoni, mi hanno costretto ad andare ad elemosinare, ma l'innocenza l'ho conservata, così ti dico: io non ho fatto mai male a nessuno. Ma il Signore mi ha sempre aiutato: prima Juanne Maria, Dio l'abbia in gloria, poi questo, sono stati i miei compagni, i miei fratelli, come gli angeli che accompagnavano Tobia. Adesso...

– Anche adesso la compagnia non ti mancherà, – disse Efix con voce grave. – Ma cosa intendi quando dici che sei innocente?

– Che cammino verso l'eternità, – disse il cieco sottovoce. – Vado verso una porta che mi sarà aperta a due battenti, e non penso ad altro. Se ho un pane me lo mangio, se non l'ho sto zitto. Non ho mai toccato la roba altrui, non ho mai conosciuta la donna. Juanne Maria me ne condusse una accanto, una volta. Io sentii che odorava di male e mi buttai per terra come passasse il vento. Che devo fare, anima mia? Se non mi salvo l'anima che cosa ho d'altro, fratello caro?

– Ma i denari, a questo morto, glieli hai presi, malanno! – disse Efix.

– Erano i miei. Che fanno i denari addosso a un morto?

Così ti dico: no, io non ho rubato né sparso mai il sangue. Neppure i fratelli di Giuseppe sparsero il sangue: Giuda disse loro: vendiamolo meglio agli Ismaeliti piuttosto che ucciderlo. E così fecero. La sai tu, tutta la storia di Giuseppe Ebreo? Mi dispiace che te ne vai, se no te la racconterei.

– No, non me ne andrò, – disse Efix, – io ti accompagnerò, d'ora in avanti: ci porteremo per mano l'uno con l'altro.

Il cieco abbassò un momento la testa, palpando l'involto delle monete: non parve meravigliato della decisione dello sconosciuto. Solo gli domandò:

– Sei un mendicante anche tu?

– Sì, – disse Efix, – non te ne sei accorto?

– Allora va bene; prendi, tienilo tu.

E gli porse l'involto del denaro.

CAPITOLO XIV

Di là andarono alla Festa dello Spirito Santo. Il cieco sapeva bene il tempo d'ogni festa e l'itinerario da seguire ed era lui che guidava il compagno.

Passando per Nuoro Efix lo condusse verso il Molino, lo lasciò appoggiato a un muro e andò a salutare Giacinto.

– Parto per luoghi lontani. Addio. Ricorda la tua promessa.

Giacinto pesava un sacco di orzo macinato; sollevò gli occhi con le palpebre bianche di farina e sorrise.

– Che promessa?

– Di pesar bene, – disse Efix, e se ne andò.

Pesato il sacco, Giacinto balzò fuori e vide i due mendicanti allontanarsi tenendosi per mano pallidi e tremuli tutti e due come malati. Chiamò, ma Efix gli fece solo un segno di addio senza voltarsi.

Appena fuori del paese cominciarono le questioni, perché il cieco, sebbene avesse la bisaccia colma di roba, voleva chiedere l'elemosina ai passanti, mentre Efix osservava:

– Perché chiedere, se ce ne abbiamo?

– E domani? Tu non pensi al domani? E che mendicante sei tu? Si vede che sei nuovo.

Allora Efix s'accorse che non voleva chiedere perché si vergognava, e arrossì della sua vergogna.

Il tempo s'era fatto cattivo. Verso sera cominciò a piovere e i due compagni s'avvicinarono a una capanna di pastori; ma dentro non li vollero, e dovettero ripararsi sotto una tettoia di frasche a fianco della mandria. I cani abbaiavano, un velo triste circondava tutta la pianura umida, e la pioggia e il vento smorzavano il fuocherello che Efix tentava di accendere.

Il cieco restava impassibile, fermo sotto la sua maschera dolorosa. Seduto – non si coricava mai – con le braccia intorno alle ginocchia, coi grandi denti gialli lucidi al riflesso del fuoco, le palpebre violette abbassate, continuava a raccontare le sue storie.

– Tu devi sapere che tredici anni belli e lunghi occorsero per fabbricare la casa del Re Salomone. Era in un bosco chiamato il Libano, per le piante alte di cedro che là crescevano. Luogo fresco. E tutta questa casa era fatta di colonne d'oro e d'argento, con le travi di legno forte lavorato, e il pavimento di marmo come nelle chiese; in mezzo alla casa c'era un cortile con una fontana che dava acqua giorno e notte, e i muri erano tutti di pietre fini, segate a pezzi uguali come mattoni. Le ricchezze che c'eran dentro non si possono contare: i piatti erano d'oro, i vasi d'oro, e tutta la casa era ornata di melagrane e di gigli d'oro; anche i collari dei cani eran d'oro e le bardature dei cavalli d'argento e le coperte di scarlatto. E venne la regina Saba, la quale aveva sentito raccontare di queste cose fino all'altro capo del mondo, ed era gelosa, perché ricca anche lei, e voleva vedere chi era più ricco. Le donne son curiose...

Uno dei pastori, attirato dai racconti del cieco, s'avvicinò alla tettoia correndo curvo per non bagnarsi. I compagni lo imitarono.

Eccitato dal successo il cieco si animò, si sollevò, raccontò la storia di Tamar e delle frittelle.

I pastori ridevano, dandosi qualche gomitata sui fianchi: portarono latte, pane, diedero monete al cieco.

Ma Efix era triste, e appena furono soli sgridò il compagno per la sua malizia e il cattivo esempio.

– Tu parli come parlava mia madre, – disse il cieco, e si addormentò sotto la pioggia.

Alla Festa dello Spirito Santo c'era poca gente ma scelta. Erano ricchi pastori con le mogli grasse e le belle figlie svelte: arrivavano a cavallo, fieri e bruni gli uomini, coi lunghi coltelli infilati alla cintura nelle guaine di cuoio inciso, i giovani alti, coi denti e il bianco degli occhi scintillante, agili come beduini: le fanciulle pieghevoli, soavi come le figure bibliche evocate dal cieco.

Il tempo era sempre nebbioso, e intorno alla chiesetta, bruna fra le pietre e le macchie della pianura era un silenzio infinito, un odore aspro di boschi. Il correre delle nuvole sul cielo grigio, dava al luogo un aspetto ancora più fantastico.

Per tutta la mattina fu uno sbucare di uomini a cavallo, dal sentiero nebbioso; smontavano taciturni, come per un convegno segreto in quel punto lontano del mondo. Ad Efix, seduto col cieco sull'ingresso della chiesa, pareva di sognare.

Anche qui non c'erano altri mendicanti, ed egli provava un vago senso di paura quando gli uomini forti e superbi, dalla cui bocca e dalle narici usciva un vapore di vita, gli passavano davanti: un senso di paura e di vergogna, e anche d'invidia. Quelli erano uomini; le loro mani sembravano artigli pronti ad afferrare la fortuna al suo passaggio. Parevano tutti banditi, esseri superiori alla legge: non si pentivano certo delle loro colpe, se ne avevano, non si tormentavano se si erano fatta giustizia da sé, nella vita. Gli pareva che lo guardassero con disdegno, buttandogli la moneta, che si vergognassero di lui come uomo e stessero per rimuoverlo col piede al loro passaggio, come uno straccio sporco.

Ma poi guardava lontano: al di là della nebbia gli sembrava cominciasse un altro mondo, e si aprisse la porta di cui parlava il cieco; la grande porta dell'eternità. E si pentiva della sua vergogna.

Al suo fianco il compagno continuava a chiedere l'elemosina declamando, o si rivolgeva a lui perché i passanti ascoltassero:

– Che facciamo noi in questa vita, di peso ai pietosi che ci danno l'elemosina?

– Che facciamo, fratello caro?

– Ebbene, compagno mio, tutto succede per ordine del Signore: noi siamo strumenti ed Egli si serve di noi per provare il cuore degli uomini, come il contadino si serve della zappa per smuovere la terra e vedere se è feconda. Cristiani, non guardate in noi due creature povere; più tristi delle foglie cadute, più luride dei lebbrosi; guardate in noi gli strumenti del Signore per smuovere il vostro cuore!

Le monete di rame cadevano davanti a loro come fiori duri e sonanti. C'erano due giovani nuoresi bellissimi che per farsi notare dalle fanciulle cominciarono a buttar soldi al cieco, mirando da lontano al petto, e ridendo ogni volta che colpivano giusto. Poi s'avvicinarono e presero di mira Efix, divertendosi come al bersaglio. Efix trasaliva ad ogni colpo e gli pareva lo lapidassero, ma raccoglieva le monete con una certa avidità, e in ultimo, finito il giuoco, di nuovo si pentì e si vergognò.

Intanto le donne preparavano il pranzo. Avevano acceso il fuoco sotto un albero solitario e il fumo si confondeva con la nebbia. La macchia dei loro corsetti rossi spiccava fra il grigio più viva della fiamma. Non c'erano né canti, né suoni in questa piccola festa che ad Efix pareva riunione di banditi e di pastori radunatisi là per il desiderio di rivedere le loro donne e di ascoltare la santa messa.

A mezzogiorno tutti si riunirono sotto l'albero, intorno al fuoco, e il prete sedette in mezzo a loro. Il tempo si schiariva, un raggio dorato di sole allo zenit filtrava attraverso le nuvole e cadeva dritto sopra l'albero del banchetto: e sotto, i pastori seduti per terra, le donne coi canestri in mano, il sacerdote con una bisaccia gettata sulle spalle a modo di scialle per ripararsi dall'umido, i fanciulli ridenti, i cani che scuotevano la coda e guardavano fisso negli occhi i loro padroni aspettando l'osso da rosicchiare, tutto ricordava la dolce serenità di una scena biblica.

Le donne pietose portavano grandi piatti di carne e di pane ai due mendicanti, e nel sentire il fruscìo dei loro passi sull'erba il cieco alzava la voce e raccontava.

– Sì, c'era un re che faceva adorare gli alberi e gli animali: e persino il fuoco. Allora Dio, offeso, fece sì che i servi di questo re diventassero tanto cattivi da congiurare fra loro per uccidere il padrone. E così fecero. Sì, egli faceva adorare un Dio tutto d'oro: per questo è rimasto nel mondo tanto amore del denaro, e i parenti, persino, uccidono i parenti per il denaro. Così a me, i miei parenti, vedendomi privo di luce, mi spogliarono come il vento spoglia l'albero in autunno.

La gente partì presto e i due uomini rimasero un'altra volta soli nella tristezza del luogo deserto.

La nebbia si diradava, apparivano profili di boschi neri sull'azzurro pallido dell'orizzonte; poi tutto fu sereno, come se mani invisibili tirassero di qua e di là i veli del mal tempo, e un grande arcobaleno di sette vivi colori e un altro più piccolo e più scialbo s'incurvarono sul paesaggio. La primavera nuorese sorrise allora al povero Efix seduto sulla porta della chiesetta. Grandi ranuncoli gialli, umidi come di rugiada, brillarono nei prati argentei, e le prime stelle apparse al cadere della sera sorrisero ai fiori: il cielo e la terra parevano due specchi che si riflettessero.

Un usignuolo cantò sull'albero solitario ancora soffuso di

fumo. Tutta la frescura della sera, tutta l'armonia delle lontananze serene, e il sorriso delle stelle ai fiori e il sorriso dei fiori alle stelle, e la letizia fiera dei bei giovani pastori e la passione chiusa delle donne dai corsetti rossi, e tutta la malinconia dei poveri che vivono aspettando l'avanzo della mensa dei ricchi, e i dolori lontani e le speranze di là, e il passato, la patria perduta, l'amore, il delitto, il rimorso, la preghiera, il cantico del pellegrino che va e va e non sa dove passerà la notte ma si sente guidato da Dio, e la solitudine verde del poderetto laggiù, la voce del fiume e degli ontani laggiù, l'odore delle euforbie, il riso e il pianto di Grixenda, il riso e il pianto di Noemi, il riso e il pianto di lui, Efix, il riso e il pianto di tutto il mondo, tremavano e vibravano nelle note dell'usignuolo sopra l'albero solitario che pareva più alto dei monti, con la cima rasente al cielo e la punta dell'ultima foglia ficcata dentro una stella.

Ed Efix ricominciò a piangere. Non sapeva perché, ma piangeva. Gli pareva di essere solo nel mondo, con l'usignuolo per compagno.

Sentiva ancora le monete dei giovani nuoresi percuotergli il petto e trasaliva tutto come se lo lapidassero; ma era un brivido di gioia, era la voluttà del martirio.

Il compagno, con le spalle appoggiate alla porta chiusa e le mani intorno alle ginocchia, dormiva e russava.

Di là andarono a Fonni per la Festa dei Santi Martiri. Camminavano sempre a piccole tappe, fermandosi negli ovili dove il cieco riusciva a farsi ascoltare dai pastori: e pareva riconoscerli «all'odore» diceva lui, raccontando gli episodi più commoventi del Vecchio Testamento ai più semplici, ai timorati di Dio, e quelli che male interpretati avevano un sapore di scandalo, ai giovani ed ai libertini.

Questa condotta del compagno addolorava Efix: a volte se ne sentiva tanto nauseato che si proponeva di abbandonarlo, ma ripensandoci gli sembrava che la sua penitenza fosse più completa così, e diceva a se stesso:

– È come che conduca un malato, un lebbroso. Dio terrà più in conto la mia opera di misericordia.

Per strada raggiunsero altri mendicanti che si recavano alla festa: tutti salutarono il cieco come una vecchia conoscenza, ma guardarono Efix con occhi diffidenti.

– Tu sei forte e potente ancora, – gli disse un giovane sciancato, – come va che chiedi l'elemosina?

– Ho un male segreto che mi consuma e mi impedisce di lavorare, – rispose Efix, ma ebbe vergogna della sua bugia.

– Dio comanda di lavorare finché si può: potessi lavorare, io; oh, come sono felici quelli che possono lavorare!

Efix pensava a Giacinto, divenuto allegro e buono dopo che aveva trovato da lavorare, e si domandava con rammarico se non aveva ancora una volta errato abbandonando le sue povere padrone.

Così andava andava ma non trovava pace; e il suo pensiero era sempre laggiù, fra le canne e gli ontani del poderetto. Specialmente alla sera, se un usignuolo cantava, la nostalgia lo struggeva.

– Che penserà don Predu che mi aspetta con la risposta di Noemi? Ma Dio provvederà: e provvederà bene, adesso che io col mio peccato mortale e con la mia scomunica sono lontano da *loro*.

E andava, andava, in fila coi mendicanti, su, su, attraverso la valle verde di Mamojada, su, su, verso Fonni, per i sentieri sopra i quali, nella sera nuvolosa, i monti del Gennargentu incombevano con forme fantastiche di muraglie, di castelli, di tombe ciclopiche, di città argentee, di boschi azzurri coperti di nebbia; ma gli sembrava che il suo corpo fosse come un sacco vuoto, sbattuto dal vento, lacero, sporco, buono solo da buttarsi fra i cenci.

E i suoi compagni non erano di più di lui. Camminavano, camminavano, non sapevano dove, non sapevano perché; i luoghi di spasso ove andavano erano per loro indifferenti, non più lieti né tristi delle solitudini ove facevano tappa per riposarsi o per mangiare.

Eppure litigavano fra loro, urlavano parole oscene, parlavano male di Dio, si invidiavano: avevano tutte le passioni degli uomini fortunati. Efix, stanco morto, con la febbre fin dentro le ossa, non tentava di convertirli, e neppure sentiva pietà di loro; ma gli pareva di camminare in sogno, portato via da una compagnia di fantasmi, come tante volte laggiù nelle notti del poderetto; era già morto ed errava ancora per il mondo, scacciato dai regni di là.

A Fonni, dove i mendicanti si collocarono nel cortiletto intorno alla Basilica piena di gente di lontani paesi, egli cominciò a provare un nuovo tormento. Aveva paura di esser riconosciuto, e tentava di nascondersi dietro il suo compagno.

Accanto a loro stavano altri due mendicanti, un vecchio cieco e un giovane che prima d'arrivare si era punto il petto sotto la mammella destra sfregandovi su il latte di un'erba velenosa per formarvi un gonfiore che esponeva alla folla come un tumore maligno.

Efix provava rabbia per quest'inganno, e quando le monete cadevano nel cappello del suo compagno, arrossiva sembrandogli di ingannare anche lui i pietosi.

E le monete cadevano, cadevano. Egli non aveva mai immaginato che ci fossero tanti pietosi, al mondo: le donne soprattutto erano generose, e un'ombra dolce velava i loro occhi ogni volta che il falso tumore del mendicante giovane appariva gonfio e scuro come un fico tra le pieghe della camicia slacciata.

Quasi tutte si fermavano, col viso reclinato, interrogando. Alcune erano alte, sottili, fasciate di orbace, coi grembiali ricamati di geroglifici gialli e verdi e i cappucci di scarlatto, e pareva venissero di lontano, dall'antico Egitto: altre avevano i fianchi potenti, il viso largo con due pomi maturati per guance, la bocca carnosa, ardente e umida come l'orlo d'un vaso di miele.

Efix rispondeva a occhi bassi alle loro domande, e raccoglieva con tristezza l'elemosina.

Ma anche alcuni uomini si fermarono intorno al vecchio cieco e al falso infermo, e uno si curvò per guardar bene il tumore.

– Sì, così Dio mi assista, – disse, – era proprio così. Ed è campato solo un anno.

– Un anno solo? – gridò un altro. – Ah, non mi basterebbe neanche per condurre a termine tre delle mille cose che penso. Su, prendi!

E gettò all'infermo una moneta d'argento. Allora fu una gara a chi più offriva al condannato a morir presto: le monete piovevano sulla sua bisaccia, tanto che il compagno di Efix diventò livido e la sua voce tremò per l'invidia. A mezzogiorno rifiutò da mangiare; poi tacque e parve meditare qualche cosa di fosco. Infatti, quando la folla si radunò nuovamente nel cortile e le donne passando si frugavano in tasca per dare l'elemosina al finto malato, egli cominciò a gridare:

– Ma guardatelo bene! È più sano di voi. S'è punto con un ago avvelenato.

Allora qualcuno si curvò a guardare meglio il falso tumore, e il mendicante, pallido, immobile, non reagì, non parlò; ma il vecchio cieco suo compagno s'alzò a un tratto, alto, tentennante come un fusto d'albero scosso dal vento; mosse qualche passo e s'abbatte su Istène battendogli i pugni sulla testa come due martelli.

Dapprima Istène chinò la testa fin quasi a mettersela fra le ginocchia; poi si sollevò, afferrò le gambe del suo assalitore e lo scosse tutto e non riuscendo ad abbatterlo gli morsicò un ginocchio. Non parlavano e il loro silenzio rendeva la scena più tragica: dopo un momento però un grappolo di gente fu sopra di loro e gli strilli delle donne s'unirono alle risate degli uomini.

– Io però vorrei sapere come ha fatto a vederlo!

– Ma se non è cieco! Malanno li colga tutti, fingono dal primo all'ultimo.

– E io gli ho dato tre volte nove reali! Come te lo hai fatto il tumore?... Dimmelo, ti do altri nove reali; che così me lo faccio anch'io per non andare al servizio militare.

– Guarda che vengono i soldati.

– State zitti: roba da niente.

La gente si divise per lasciar passare i carabinieri: alti, col pennacchio rosso e azzurro svolazzante come un uccello fantastico, stettero sopra i due mendicanti raggomitolati per terra.

Il vecchio tremava di rabbia, ma non apriva bocca; l'altro aveva ripreso la sua posizione e disse con voce triste che non sapeva nulla, che non si era mosso, che aveva sentito un uomo piombargli addosso come un muro che crolla.

Li fecero alzare, li portarono via. La folla andò loro dietro come in processione. Efix seguiva anche lui, ma le gambe gli tremavano, un velo gli copriva gli occhi.

– Adesso arrestano anche me, e vengono a sapere chi sono, e vengono a sapere tutto e mi condannano.

Ma nessuno badava a lui, e dopo che i due ciechi furono

dentro in caserma la gente se ne andò ed egli rimase solo, a distanza, seduto su una pietra ad aspettare.

Aveva paura ma per nulla al mondo avrebbe abbandonato il cieco. Rimase lì un'ora, due, tre. Il luogo era silenzioso: la gente era giù alla festa e il villaggio in quell'angolo pareva disabitato. Il sole batteva sui tetti di schegge delle casette basse e umili come capanne, il vento del pomeriggio portava un odore di erbe aromatiche e qualche grido, qualche suono lontano.

Quella pace aumentava il turbamento di Efix. Per la prima volta gli appariva chiaro, come la roccia là sui monti attraverso l'aria diafana, l'errore della sua penitenza. No, non era questo ch'egli aveva sognato.

E le sue povere padrone che pativano laggiù, sole, abbandonate? Per la prima volta pensò di tornare, di finire i suoi giorni ai loro piedi come un cane fedele. Tornare, condannarsi anche l'anima, ma non farle soffrire: questa era la vera penitenza. Ma non poteva abbandonare il compagno. Ed ecco che la porta della caserma si apre e i due ciechi ne escono, tenendosi per mano come fratelli.

Efix andò loro incontro, prese per mano il suo compagno. Così in fila tornarono al cortile della Basilica, e vi fecero il giro cercando il falso malato. La gente ballava e suonava, il tramonto tingeva di rosa il campanile, i tetti, gli alberi intorno; dalla chiesa usciva un salmodiare di laudi che accompagnava il motivo della danza, e un profumo d'incenso che si mescolava all'odore degli orti.

Ma per quanto lo cercassero, il finto malato non si trovò nel cortile, né in chiesa e neppure nelle strade attorno. Qualcuno disse che era scappato per paura dei carabinieri. Così Efix rimase con tutti e due i ciechi.

CAPITOLO XV

Se li tirò addietro per molto tempo.

Di festa in festa camminavano, o soli o in fila con altri mendicanti, come condannati diretti a un luogo di pena irraggiungibile.

Le feste si rassomigliavano: le principali erano di primavera e di autunno, e si svolgevano attorno alle chiesette campestri solitarie, sui monti, sugli altipiani, sull'orlo delle valli. Allora, nel luogo tutto l'anno deserto, nei campi incolti e selvaggi, era come una improvvisa fioritura, un irrompere di vita e di gioia. I colori vivi dei costumi paesani, il rosso di scarlatto, il giallo delle bende, il cremis ardente dei grembiuli, brillavano come macchie di fiori tra il verde dei lentischi e l'avorio delle stoppie.

E dappertutto si beveva, si cantava, si ballava, si rissava.

Efix, vestito anche lui come gli altri mendicanti, si portava addietro i due ciechi e gli sembrava fossero il suo destino stesso: il suo delitto e il suo castigo. Non li amava, ma li sopportava con infinita pazienza.

Anch'essi non lo amavano ma erano gelosi l'uno dell'altro per le attenzioni di lui, e litigavano continuamente.

In agosto e settembre fu un andare continuo, un correre affannoso. Dapprima salirono sul monte Orthobene, per la Festa del Redentore.

Era d'agosto, la luna grande rossa sorgeva dal mare e illuminava i boschi. Di lassù, sì, Efix vedeva il suo Monte lontano; e passò la notte a pregare, sotto la croce nera che pareva

unisse il cielo azzurro alla terra grigia. All'alba s'udì un salmodiare lontano; una processione salì dalla valle e in un attimo le
rocce si coprirono di bianco e di rosso, i cespugli fiorirono di
volti di fanciulli ridenti, e sotto gli elci i vecchi pastori s'ingi-
nocchiarono come Druidi convertiti.

Sopra l'altare tagliato sulla viva pietra il calice scintillò al
sole, e il Redentore parve indugiare prima di spiccare il volo
dalla roccia, piantando la croce fra la terra grigia e il cielo
azzurro. S'udì qualcuno piangere forte; era un mendicante fra
due ciechi, dietro un cespuglio. Era Efix.

In settembre salirono sul Monte Gonare. Il tempo era di
nuovo brutto, sconvolto da violenti temporali: rivoli d'acqua
torbida solcavano le chine, sotto i boschi contorti dal vento, e
tutto il monte sussultava per il rombo dei tuoni. Ma i fedeli
accorrevano egualmente; salivano da tutti i sentieri tortuosi,
da tutte le strade serpeggianti, affluendo alla chiesetta come
il sangue che dalle vene va su al cuore.

Da una nicchia di pietre ove s'era rifugiato coi compagni
Efix vedeva le figure passare fra la nebbia come sopra le nuvole, e la storia del Diluvio Universale che il cieco giovane
raccontava gli sembrava la loro storia. Ecco, alcuni patriarchi
s'erano salvati e si rifugiavano sul Monte: venivano su con le
loro donne e i loro figli, ed erano tristi e lieti in pari tempo
perché avevano tutto perduto e tutto salvato.

Le donne specialmente guardavano dall'alto dei cavalli,
dalla cornice dei loro scialli, coi grandi occhi smarriti eppure
a tratti scintillanti di gioia: qualche cosa le spaventava, qualche cosa le rallegrava, forse il loro stesso spavento. E gridi
lontani risuonavano fra la nebbia come nitriti di cavalli selvaggi in corsa col vento.

Efix aveva sempre paura d'esser riconosciuto sebbene vestito da borghese e con la barba grigia ispida come una mezza

maschera fatta di pelo d'asino: guardava le figure che passavano sul sentiero davanti a lui, se qualcuna gli era nota, e infatti
d'improvviso si piegò chiudendo gli occhi come i bambini
quando vogliono nascondersi.

Un uomo un po' abbandonato sopra un cavallo nero saliva
lentamente, tutto ricoperto da un gabbano d'orbace fodera-
to di scarlatto. Il vento sollevava le falde di questa specie di
mantello spagnuolo e lasciava vedere la bisaccia ricamata e le
grosse gambe del cavaliere con gli speroni lucidi come d'argento. Il cappuccio ombreggiava un viso bonario e sarcastico
che si volse ai mendicanti e sogghignò lievemente mentre la
mano gettava alcune monete.

Efix riaprì gli occhi e piano piano si sollevò.

– Sai chi è quello? – disse al cieco giovane. – È il mio
padrone!

Cessata la pioggia i tre compagni ripresero a salire, silenziosi, curvi, come cercando qualche cosa smarrita nel sentiero; le nuvole correvano sopra le rocce e le macchie e gli alberi
si contorcevano al vento, folli dal desiderio di staccarsi dalla
terra e seguirle: il tuono rombava ancora, tutto era grande di
agitazione e d'angoscia, ed Efix si sentiva preso dal turbine
come una foglia secca.

Presero posto accanto ad una delle croci che segnano il
sentiero.

Il vento passava impetuoso, ma sul tardi il sole apparve
fra le nubi squarciandole e respingendole fino all'orizzonte, e
tutto brillò attorno ai monti e alle valli ove la nebbia si raccolse in laghi argentei luminosi.

I mendicanti si scaldavano al sole ed Efix raccoglieva le
elemosine tremando a ogni rumore di passo per paura di rivedere don Predu; eppure di tanto in tanto sollevava la testa

come ascoltando una voce lontana.

Gli pareva d'essere ancora seduto davanti alla sua capanna nel poderetto, e sentiva il frusciare delle canne, ed era la voce del suo cuore che gli diceva:

– Efix, se stai lì per vera penitenza, perché temi d'esser riconosciuto? Alzati quando passa il tuo padrone e salutalo.

E d'improvviso un senso di gioia lo fece balzare, lo penetrò tutto come il sole che gli asciugava le vesti e scaldava le sue membra intirizzite: ecco, egli pensava di nuovo alle sue padrone, le amava ancora, e aspettava don Predu per domandar notizie di loro.

Ma don Predu non scendeva.

Veniva giù, dopo aver ascoltata la messa, una catena di fanciulle paesane belle come rose, l'una appresso l'altra strette ridenti.

– Hai veduto quell'uomo grosso che s'è comunicato? – disse una. – È un nobile, un riccone, ammaliato.

– Sì, lo so. Lo ha fatto ammaliare una ragazza povera che egli doveva sposare e non ha sposato.

– Va, e impiccati, Maria, che dici? Se lo ammaliava lo ammaliava per farsi sposare...

– E non mi spingere, per questo! Va' a romperti il collo, Franzisca Bè!

Coi denti scintillanti nella bella bocca piena di male parole, passavano davanti ad Efix: qualcuna s'indugiava a gettare una monetina ai mendicanti e il vento sollevava i lembi del suo fazzoletto ricamato.

Efix aspettava don Predu. Scendevano i patriarchi, le donne taciturne, i giovani dalle ginocchia elastiche, i piccoli pastori dagli occhi tristi di solitudine: don Predu non si vedeva.

Efix aspettava. Ma dopo mezzogiorno la gente era già tutta ritornata alle capanne giù nella radura, e don Predu non era ancora passato.

Allora Efix fece salire i compagni fino alla chiesetta davanti alla quale solo pochi giovani si aggrappavano alla roccia per guardare le corse dei barberi a mezza costa. Il vento pareva portarsi via lungo il sentiero laggiù, i cavalli lunghi montati da paesani incappucciati.

Efix fece sedere i ciechi contro il muro ed entrò nella chiesetta avanzandosi in punta di piedi fino ai gradini dell'altare ove don Predu inginocchiato immobile pregava col viso sollevato, i capelli azzurrognoli nella penombra dorata dai ceri, una falda rossa del gabbano rivoltata, lo sprone al piede, simile in tutto ai Baroni in pellegrinaggio quali il servo li aveva veduti dipinti in qualche antico quadro della Basilica.

Pregava assorto, ma quando Efix gli ebbe toccato lievemente il cappotto si volse dapprima sorpreso, poi violento, senza riconoscere il mendicante.

– Al diavolo! Neanche qui lasciate in pace?

– Don Predu, padrone mio! Sono Efix, non mi riconosce?

Don Predu balzò sollevando le falde del gabbano quasi volesse abbracciare il suo servo: e si guardarono come due vecchi amici.

– Ebbene? Ebbene?

– Ebbene?

– Sì – disse don Predu riprendendosi per il primo, – Giacinto mi ha raccontato le tue prodezze, babbeo. E dunque, ti sei messo a fare un mestiere facile, poltronaccio! Bel mestiere, sì! Ecco, prendi!

Gli porse una moneta, ma Efix lo guardava negli occhi coi suoi occhi di cane fedele e sospirava senza offendersi.

– Don Predu, padrone mio, mi dia notizie delle mie dame.

– Le tue dame? Chi le vede? Stanno chiuse nella loro tana come faine.

– E Giacinto?

– L'ho veduto a Nuoro, quel morto di fame. Perché non l'hai preso con te a chiedere l'elemosina? E adesso, sai cosa fa? Sposa quell'altra morta di fame, Grixenda, sì, stupido!

– È bene: lo aveva promesso, – disse Efix, e di nuovo si sentì pieno di gioia. «Ecco fatta la grazia che lei chiedeva, padrone mio», pensava, e sorrideva agli improperi che don Predu, pentito del suo primo impeto di benevolenza, gli rivolgeva trattandolo da mendicante quale era.

Dopo la Festa di San Cosma e Damiano di Mamojada, Efix e i ciechi andarono a Bitti per la Madonna del Miracolo. Prima di arrivare fecero tappa sopra Orune, ma sebbene stanco Efix non s'addormentò per paura che gli rubassero la bisaccia col gruzzolo raccolto nelle ultime feste. Pregava, tranquillo, socchiudendo ogni tanto gli occhi per guardare i suoi compagni addormentati sotto una quercia.

Era notte ancora, ma un brivido di luce passava ad Oriente fra i monti che si aprivano verso il mare: l'alba si svegliava laggiù. Ed ecco Efix, vinto dal sonno, crede di non poter più sollevare le palpebre e di sognare: vede il vecchio cieco mettersi a sedere, protendersi in ascolto, appoggiare la mano al tronco della quercia, alzarsi e dopo un momento di esitazione accostarsi a lui e con la mano adunca tirar su la bisaccia come pescandola nell'ombra.

Egli non si muove, non parla: e il vecchio se ne va, piano piano, su fra le macchie e le pietre, senza voltarsi, grande e nero sullo sfondo azzurro della montagna.

Solo quando non lo vide più s'accorse di non aver sognato, e balzò in piedi, ma gli parve che una mano lo tirasse giù costringendolo a sedersi di nuovo, a stare immobile. E a poco a poco alla sorpresa seguì un impeto di gioia, un desiderio di ridere: e rise, e tutto intorno il cielo si colorì di azzurro e di rosa, e le cinzie cantarono fra le macchie.

«Ecco» egli pensava. «È Dio che mi ha liberato di uno de' miei compagni. Oh che peso mi ha tolto!»

Svegliò l'altro dicendogli dell'accaduto.

– Lo vedi? Efix, adesso sei convinto? Io lo sapevo, che fingeva. Non lo dissi subito? E tu te lo sei portato addietro, tu mi hai tormentato giorno e notte con lui. Adesso andremo a denunziarlo: lo cercheremo, gli pesteremo le ossa.

Efix sorrideva. Durante la festa fu quasi felice. Una folla com'egli non l'aveva ancora veduta riempiva la chiesa, il campo attorno, il sentiero che conduceva al paese. Una processione s'aggirava continuamente attorno al santuario, come un serpente rosso e bianco, giallo e nero: gli stendardi sventolavano simili a grandi farfalle, e canti corali, tintinnii di cavalli bardati per la corsa, grida di gioia si univano alle cantilene gravi dei pellegrini. Passavano donne coi capelli neri sciolti giù per le spalle come veli di lutto; seguivano uomini a capo scoperto, con un cero in mano, scalzi, polverosi come arrivassero dall'altra estremità del mondo: tutti avevano gli occhi pieni di domande e di speranza.

E i cavalli pazienti salivano su per la strada carichi di gioia o di dolore: li cavalcavano giovani dal viso fiammante, gonfio di sangue, fanciulle pallide che nascondevano la passione come le brage sotto la cenere, e infermi, pazzi, indemoniati, tutti avevano gli occhi pieni di vita e di morte.

Efix s'era messo un po' discosto dalla chiesa, in un posto ove non molta gente passava. Il cieco non finiva di brontolare, fra una lamentazione e l'altra, e aveva un viso cupo, minaccioso.

Verso sera, – la raccolta era stata scarsa – diede sfogo alla sua ira, accusando Efix di aver ammazzato l'altro compagno per liberarsene e tenersi i denari.

Efix sorrideva.

– Vieni, – disse, prendendolo per mano, e dopo aver camminato un poco: – senti?

Il cieco sentiva la voce dell'altro compagno, che lì davanti a loro domandava l'elemosina.

– Adesso non farete come l'altra volta, – disse Efix. – Se vi azzuffate e vi arrestano, io, in verità, me ne lavo le mani.

Allora il cieco vero si chinò sul cieco finto, e gli chiese a denti stretti, sottovoce:

– Perché hai fatto questo, fariseo?

– Perché mi pare e piace.

Efix sorrideva. Il cieco *vedeva* questo sorriso e se ne esasperava: tutta la sua ira contro il compagno ladro si riversò sul compagno buono.

– Io non voglio più venire con te: piuttosto mi butto per terra e mi lascio morire. Tu sei uno stupido, un buono a niente: tu vieni con me per divertirti e tormentarmi. Va e impiccati, va al più profondo dell'inferno.

– Tu parli così perché sai che non ti abbandono, – disse Efix. – Tu sebbene cieco conosci me, ed io non conosco te sebbene ci veda. Ma se tu credi di poterti trovare un altro compagno fa pure. Ti aiuterò.

Il cieco finto ascoltava, con la bisaccia rubata stretta a sé. Afferrò la mano di Istène e gli disse:

– E rimani con me, diavolo!

Stettero così, con le mani unite, come Efix li aveva veduti uscire dalla caserma di Fonni, e pareva aspettassero ch'egli parlasse, sfidandolo un poco: trasse quindi l'involtino delle monete raccolte in quel giorno, e dopo averlo fatto dondolare davanti a loro, guardandoli e sorridendo, lo lasciò cadere in mano al cieco vero e se ne andò.

Libero! Ma aveva l'impressione fisica di tirarsi ancora

addietro i compagni, e si dava pensiero di loro.

Camminò tutta la notte e tutto il giorno seguente, giù lungo la vallata dell'Isalle, finché arrivò al mare. Là si gettò a terra, fra due macchie di filirea, e gli parve d'esser tornato al suo paese dopo aver compiuto il giro del mondo.

Ma nel sonno rivedeva il cieco, curvo su sé stesso, con le labbra livide semiaperte sui denti ferini, e gli sembrava che lo deridesse e lo compiangesse.

– Tu credi d'essere tornato e di riposarti. Vedrai, Efix; adesso comincia davvero il tuo cammino.

A misura che s'avvicinava al poderetto, risalendo lo stradone, sentiva un lamento di fisarmonica che gli pareva un'illusione delle sue orecchie abituate ai suoni delle feste.

Tante cose lontane gli tornarono in mente: e tutte le foglie si agitavano intorno per salutarlo. Ecco la siepe, ecco il fiume, la collina, la capanna. Egli non era commosso, ma quel lamento dolce, velato, che pareva salire dalla quiete dell'acqua verdastra, lo attirava come un richiamo.

Entrò, sollevò gli occhi e subito si accorse che il poderetto era mal coltivato. Pareva un luogo da cui fosse mancato il padrone: gli alberi erano già quasi tutti spogli dei loro frutti e qualche ramo stroncato pendeva qua e là.

Zuannantoni, seduto sotto il pergolato davanti alla capanna, suonava la fisarmonica; e tutto intorno il motivo monotono si spandeva come un velo di sonno sul luogo desolato.

Vedendo l'uomo sconosciuto che s'avanzava curvandosi per guardare dentro la capanna, il ragazzo smise di suonare, e i suoi occhi si fecero minacciosi.

– Che volete?

L'uomo si tolse il berretto.

– Zio Efix! – gridò il ragazzo, e riprese a suonare, parlando e ridendo nel medesimo tempo. – Ma non eravate morto? E chi diceva che eravate in America e diventato ricco, e che mandavate tanti denari alle vostre padrone. Adesso il guardiano qui, sono io: se voglio scacciarvi come un ladro posso farlo. Ma non lo faccio. Volete dell'uva? Prendetevela. Il mio padrone, don Predu, se ne infischia, di questo pezzo di terra: ne ha tanti altri, di poderi. Quello grande, di Badde Saliche, quello sì, ne dà prodotto. Le frutta di qui, il mio padrone le manda in regalo alle sue cugine, le vostre padrone: ma esse stanno sempre chiuse dentro come il riccio nella sua scorza. Oh, zio Efix, vi devo dire una cosa: l'altra notte, – di notte sto chiuso nella capanna, perché ho paura degli spiriti, e sempre sento nonna raspare alla porta – l'altra notte che spavento! Ho sentito una cosa molle agitarsi intorno ai miei piedi. Ho gridato, ho sudato: ma poi all'alba mi accorsi che era una lepre ferita: sì, presa al laccio era riuscita a scappare e stava lì con la zampetta rotta e mi guardava con due occhi da cristiana. Gliel'ho fasciata, la zampetta; ma poi ha avuto la febbre; scottava fra le mie mani come un gomitolo di fuoco; e s'è fatta nera nera ed è morta.

Efix si era seduto davanti alla capanna guardando lontano.

– Che ne dici tu, – domandò gravemente. – don Predu mi ripiglierà al suo servizio?

Il ragazzo si fece minaccioso.

– E allora dovrebbe scacciarmi? E io come faccio, allora? Grixenda si sposa e se ne va. E io cosa faccio, intanto? Vado a chiedere l'elemosina? No, andateci voi, che siete vecchio.

– Hai ragione, – disse Efix, e chinò la testa. Ma la sua remissione gli rese benevolo il servetto.

– Don Predu è così ricco che può prendervi lo stesso; vi può mandare negli altri poderi, perché a me piace star qui. Qui è un bel posto: lo dice anche Grixenda.

– Che fa Grixenda?

– Cucisce il suo vestito da sposa.

– Dimmi, Zuannantoni, don Giacinto è venuto in paese?

– Mio cognato, – disse il ragazzo con orgoglio, – è venuto, sì, questo luglio scorso. Grixenda stava sempre male: un altro poco e la trovava morta. Sì, è venuto...

Tacque, col viso reclinato sulla fisarmonica, gli occhi gravi di ricordo.

– Dimmi tutto; puoi dirmelo, Zuannantò. Io sono come di famiglia.

– Sì, ecco, vi dirò. Dunque Grixenda stava male; si consumava, come un lucignolo. Di notte aveva la febbre: s'alzava come una matta e diceva: voglio andare a Nuoro. Ma quando si trattava di aprir la porta non poteva. Capite: c'era fuori la nonna che spingeva la porta e le impediva di andare. Allora, una volta, sono andato io, a Nuoro. Ho trovato mio cognato, in un luogo che pare l'inferno: nel Molino. Gli dissi tutto. Allora egli domandò tre giorni di permesso e venne con me. Aveva preso un cavallo a nolo, perché costa meno della carrozza; e mi prese in groppa: era bello, andare così, pareva di esser giganti. Così ha chiesto Grixenda in moglie, e così per i Santi si sposano.

– A chi l'ha chiesta: in moglie?

– Non lo so; a lei stessa!

– Dimmi, Zuannantoni, don Giacinto è dalle sue zie, dalle mie padrone?

Il ragazzo esitò nuovamente.

– Sì, – disse poi, – c'è stato. Credo che abbiano litigato perché venne fuori con gli occhi rossi, come avesse pianto; Grixenda lo guardava e rideva, ma stringeva i denti. Egli disse: questa e l'ultima volta che mi vedono.

Efix non fece altre domande. Passò la notte nella capanna

e siccome era venuto su un gran vento e le canne del ciglione
gemevano come anime in pena, destando paura al piccolo
guardiano, egli cominciò a raccontare le storie della Bibbia,
imitando l'accento del cieco.

– Sì, c'era un re che con la scusa che gli alberi sono spiriti
li faceva adorare e anche gli animali e persino il fuoco. Allora
il vero Dio, offeso, fece sì che i servi di questo re diventassero
così cattivi che congiurarono per uccidere il loro padrone. Sì,
egli faceva adorare un Dio tutto d'oro: per questo è rimasto
nel mondo tanto amore del denaro e i parenti, persino, uccidono i parenti, per il denaro. Persino le anime innocenti
adorano il denaro.

Poi cominciò a descrivere il tempio e i palazzi del Re Salomone. Zuannantoni si addormentò ch'egli raccontava ancora.
Fuori le canne dei ciglione frusciavano con tale violenza che
pareva combattessero una battaglia.

All'alba, uscendo dalla capanna Efix infatti ne vide centinaia pendere spezzate, con le lunghe foglie sparse per terra
come spade rotte. E le superstiti, un poco sfrondate anch'esse, pareva si curvassero a guardare le compagne morte, acca-
rezzandole con le loro foglie ferite.

– Prendetevi dell'uva, zio Efix, – gli disse il ragazzo, sa-
lutandolo pensieroso: – se don Predu vi rimanda qui son
contento: così passeremo il tempo a contar le storie. E andate
da Grixenda a salutarla.

Ed ecco Efix che risale la strada verso il paese. L'alba è
quasi fredda e le colline bianche sembrano coperte di neve.
I monticelli sopra i paesetti sparsi per la pianura, dopo il
Castello, fumano come carbonaie coperte: e tutto è silenzio
e morto nel mattino roseo. Ma Efix ritrovava la sua anima, e
gli sembrava di tornare alla casa del suo dolore come il figliol
prodigo, dopo aver dissipato tutte le sue speranze.

Andò dritto dall'usuraia, e rise accorgendosi che sebbene non lo riconoscesse subito ella lo accoglieva benevolmente credendolo uno straniero, un servo mandato da qualche proprietario per chiedere denaro.

– Kallina, i corvi ti becchino, non mi riconosci? Anche tu sei diminuita, però.

Ella aveva le scarpette in mano; le lasciò cadere una dopo l'altra, poi si curvò a riprenderle.

– Efix, vedi? Come io ti ho maledetto così sei andato! Hai persino mutato di vesti. Rammentati quando volevi massacrarmi.

– Sono sempre a tempo, se non smetti! Dimmi, come stai?

– Non troppo bene. Da qualche tempo ho sempre male di testa, e il dolore e l'insonnia mi hanno ridotta così, piccola, curva, come succhiata dal vampiro.

«È giusto!» pensava Efix; ma non lo disse.

– È un male da cani, il male di testa, Efix mio. Ho persino promesso di andare in pellegrinaggio a San Francesco, adesso, in ottobre...

– Senti, – disse Efix, che s'era seduto davanti al focolare e non accennava ad andarsene, – è inutile che tu vai in pellegrinaggio: se hai da far penitenza falla in casa tua.

– Io non ho da far penitenza! Se vado, vado per devozione. La mia anima è davanti a Dio, non davanti a un peccatore tuo pari.

Egli abbassò la testa.

– Senti – riprese, – io ho bisogno di vesti e di denari. Tu devi aiutarmi, Kallina: se vuoi tu puoi farlo. Io sono come il soldato ch'è stato in guerra: torno, ma non posso tenere queste vesti.

– Dimmi almeno, dove sei stato?

– Così, ho voluto un poco girare il mondo. Sono stato fino in Oriente, dove c'era il tempio e la casa del Re Salomone... questa casa era tutta d'oro, con le porte che avevano per pomi melagrane d'oro... e i piatti e i vasi erano d'oro e persino le chiavi e i pali per fermare le porte erano d'oro...

La donna lo guardava di sottecchi, mentre infilava i lacci nuovi alle sue scarpette senza buttar via i vecchi, che a legare qualche cosa ancora potevan servire. Perché egli parlava così, con un accento cadenzato da mendicante? Si burlava di lei, o aveva la febbre?

– Efix, anima mia, il girare il mondo ti ha consumato le scarpe e il cervello!

Tuttavia gli prestò i denari.

Egli però non se ne andò.

– Non posso uscire così, presentarmi alle serve beffarde di don Predu. Bisogna che tu mi procuri le vesti: va: cosa pensi quando non dormi? Va, va, sei cristiana anche tu.

– Come, anch'io? Più cristiana di te, anima mia: io non ho mai lasciato la mia casa per correre il mondo da vecchia...

– Se non cessi prendo il palo, Kallì, bada!

Per tutto il giorno continuarono a insolentirsi, un po' scherzando, un po' sul serio: ma nel pomeriggio ella uscì e comprò un costume quasi nuovo da una donna il cui marito era andato in America.

Verso sera Efix ritornò dalle sue padrone. Sì, verso sera, come dopo una giornata di libertà passata girovagando ozioso e scontento. Tutto era tranquillo e triste lassù; il Monte s'affacciava sopra la casa nera, sul cielo verdolino del crepuscolo, la luna nuova cadeva sopra il Monte, la stella della sera tremolava sopra la luna.

Il portone era chiuso, l'erba cresceva lungo il muro e sugli scalini come davanti a una casa abbandonata: ed Efix ebbe paura a picchiare.

Vide la porticina di Grixenda che brillava come un rettangolo d'oro sul muro nero, e ricordò l'incarico di Zuannantoni.

Grixenda stava davanti alla fiammata ad asciugarsi le sottane bagnate. Era scalza e le sue gambe dritte luccicavano come fossero di bronzo. Vedendo l'uomo lasciò cadere le sottane e rise, gridando di gioia nel riconoscerlo.

– Come, Grixenda! Tu vai ancora al fiume? Lo sposo te lo permette?

– E lui non lavora? È forse un signore, lui? Se fosse stato un signore io sarei sottoterra... Ebbene, non venite avanti? Sedetevi: vi pesa, quella bisaccia? È piena d'oro? Avete fatto fortuna, voi, zitto, zitto, maligno che siete!

Egli sedette e mise la bisaccia per terra, e guardava Grixenda, e Grixenda lo guardava maliziosa lasciandogli capire che sapeva la verità.

– Ma anche noi, zio Efix, anche noi, io e Giacinto, qualche cosa faremo. Possiamo anche diventar ricchi, zio Efix; chi lo sa? Tutto è possibile nel mondo: io credo che tutto sia possibile.

– E non siete già ricchi? Chi più ricchi di voi?

Ella si chinò su di lui, graziosa e infantile come un tempo.

– È questo che dicevo, sempre! Quando le vostre dame non volevano, che io e Giacinto ci sposassimo, perché io son povera, io dicevo: non son giovane? Non gli voglio bene? Forse che donna Noemi e don Predu, con tutta la loro roba, sono più ricchi di noi? Di anni, sì, se vogliono, non di altro!

Efix trasalì.

– Si sposano?

– Si sposano, sì! Egli si consumava come mi consumavo io questa primavera scorsa. Dicevano ch'era ammaliato.

Era ammaliato, sì! Malìa d'amore. Andò persino ad Oliena a consultare la fattucchiera. Ultimamente, la settimana scorsa, è andato alla Madonna di Gonare, in pellegrinaggio, ed ha fatto un'offerta di tre scudi, per ottenere il miracolo. Così dicono i maligni!

Efix guardava pensieroso per terra, fra le sue ginocchia.

– Devo tornare? – si domandava. – Non crederanno sia il vento della buona fortuna che mi riporta?

E d'improvviso, per un attimo, gli dispiacque che Noemi avesse acconsentito prima ch'egli tornasse. Ma subito s'alzò pentito umiliato. Ah, com'era peccatore ancora!

– Tu credi che don Predu sia là? – domandò volgendosi prima di uscire.

– Io sono qui, non sono là, zio Efix! – disse Grixenda, correndogli appresso ridente; – e non posso neppure dire: vado a guardare perché le vostre padrone chiudono a doppio giro il portone quando mi vedono!

Egli andò; ma ancora una volta il suo cuore palpitava convulso, e gli parve che i colpi battuti al portone gli si ripercotessero dentro le viscere.

CAPITOLO XVI

Fu Noemi ad aprire. Efix se la vide apparire davanti, sullo sfondo glauco del cortile, alta alta, sottile, col viso bianco: Lia fanciulla, Lia risorta.

Lo guardò bene, prima di lasciarlo entrare, come si guarda uno sconosciuto, poi disse solo: «oh, oh, sei tu?» ma bastò quest'espressione di sorpresa diffidente e un po' ironica, per aumentare l'umiliazione e il turbamento di lui.

– Ebbene, sono tornato, donna Noemi mia, – disse entrando e seguendola attraverso il cortile. – Il vagabondo è tornato. E donna Ester come sta? Mi permette di farle una visita?

Ecco, nella penombra glauca le cose stavano immobili al loro posto; il balcone, su, nero sul fondo grigio del muro, il pozzo coi fiori rossi, la corda sulla scala.

In cucina c'era luce, ma non la luce fiammante della casa di Grixenda: un lumino funebre sopra la panca antica, in mezzo a una grande ombra.

No, nulla era mutato: tutto era morto ancora. Ed Efix pensò con dolore:

«Non dev'esser vero che donna Noemi ha acconsentito».

Istintivamente cercò di attaccare la bisaccia al piuolo, ma il piuolo non c'era: nessuno lo aveva più rimesso ed egli tenne con sé la bisaccia come un ospite che deve presto ripartire.

Donna Ester leggeva tranquilla seduta su uno sgabellino davanti alla panca antica, ma d'improvviso il gatto posato sulla sua ombra accanto al lume e che seguiva con gli occhi i

movimenti delle mani di lei, le saltò in grembo come volesse
nascondersi e di là balzò sotto la panca: ella sollevò la testa,
vide lo sconosciuto e cominciò a fissarlo con gli occhi scintillanti e il libro che le tremava fra le mani.

– Ebbene, sì, sono io, padrona mia! Sono tornato. Il vagabondo è tornato. Che ne dice, donna Ester? Come va la
salute?

– Efix! Efix! Efix! – ella balbettava.

– Proprio Efix! Ha male agli occhi, donna Ester, che tiene
gli occhiali?

– Tu, Efix! Siedi. Sì, ho avuto male agli occhi dal troppo
piangere.

Ma Noemi li guardava tutti e due coi suoi occhi cattivi e
pareva divertirsi alla scena.

– Sì, Ester! Hai gli occhiali perché oramai sei vecchia.

– Siedi, – invitò anche lei, battendo la mano sulla panca,
ed Efix sedette accanto alla vecchia padrona tutta tremante di
sorpresa. Sulle prime non seppero cosa dirsi: egli stringeva
a sé la bisaccia e chinava la testa vergognoso; ella si levò gli
occhiali, li chiuse fra le pagine del libro, parve volesse appog-
giarsi al fianco del servo.

Finalmente volsero tutti e due il viso a guardarsi ed ella
scosse la testa con un cenno di rimprovero.

– Bravo! Gira gira sei tornato! Ma perché mai una riga, un
saluto? Eppure gente d'America ne è venuta!

Efix aprì la bocca per rispondere, ma vide Noemi che rideva come se sapesse anche lei la verità, e tacque ancora più
umiliato.

– E sei andato via così, Efix! Come se ti avessimo offeso,
senza dire una parola, Efix! E pensa, pensa, io dicevo sempre
a me stessa: perché Efix ha fatto così? Si può finalmente sapere il perché?

– Cose del mondo! S'invecchia, si rimbambisce, – egli rispose con un gesto vago. – Adesso son qui... Non parliamone più.

– E adesso, che cosa conti di fare? Tornerai da Predu? O, come dice la gente, è vero che sei diventato ricco? Ma perché non metti giù quella bisaccia? Almeno un boccone lo prenderai, qui.

– Devo andare, donna Ester mia... Ero venuto solo per salutarla.

– Tu starai qui fino a domani, – disse Noemi, e con un gesto quasi felino gli tolse la bisaccia e la mise più in là sulla panca.

Si guardarono: ed egli comprese che avevano da parlarsi, loro due, da riallacciare un discorso interrotto.

– Efix, senti, tu almeno ci racconterai le tue vicende, poiché non hai mai scritto. Quante cose avrai da dire, adesso: oh, Efix, Efix, chi avrebbe mai creduto che da vecchio te ne andavi in giro per il mondo!

– Meglio tardi che mai, donna Ester mia! Ma da contare c'è poco.

– Racconta quel poco...

– Bene, sì, le dirò...

Noemi apparecchiava, silenziosa: ecco lo stesso canestro annerito dal tempo, levigato dall'uso; ecco lo stesso pane e lo stesso companatico. Efix mangiava e raccontava, con parole incerte, velate di menzogna timida; ma quando ebbe gettato le briciole e il fondo del bicchiere sul pavimento – poiché la terra vuole sempre la sua piccola parte del nutrimento dell'uomo – si drizzò un po' sulla schiena e i suoi occhi si circondarono di rughe raggianti.

– Dunque, in viaggio eravamo tutti poveri diavoli: si andava, si andava, senza sapere dove si andava a finire, ma sempre con la speranza del guadagno. Si andava, in fila, come i condannati...

– Ma non eravate in mare?

– In mare, sì, cosa dico? E in mare in burrasca, anche. Mi sono tante volte bagnato. Fame non se ne pativa, no; eppoi, chi aveva fame? Io no: sentivo qualche volta come una mano che mi abbrancava lo stomaco e pareva volesse estirparmelo: allora mangiavo e mi acquetavo. Arrivati là si cominciò a lavorare.

– Che lavoro era?

– Oh un lavoro facile, per questo; così... si levava la terra da un posto e si metteva nell'altro...

– Ma è vero che si fa un canale perché ci passi il mare? Ma l'acqua non segue, dentro il canale?

– Sì, veniva dentro il canale; ma ci son le macchine per tenerla indietro. Son come delle pompe... io non le so descrivere, insomma!

Noemi ascoltava, zitta, lisciando la schiena al gatto che le ronfava in grembo con voluttà. Ascoltava, ma col pensiero lontano.

– Eravate proprio in campagna? Dicono che là è tutto caro. Rammenti quello che raccontavano gli emigranti, laggiù al Rimedio? Eppoi, dicono, è un paese dove non ci si diverte.

– Oh, per questo ci si diverte! Chi ha voglia di divertirsi, s'intende! Chi suona, chi balla, chi prega, chi si ubriaca: e poi tutti se ne vanno...

– Se ne vanno? E dove?

– Volevo dire... alle loro baracche, a riposarsi.

– E che lingua parlano?

– Lingua? Di tutte le parti. Io parlavo sardo, coi miei compagni...

– Ah, tu avevi dei compagni sardi?

– Avevo dei compagni sardi. Uno vecchio e uno giovane. Mi pare di averli ancora ai fianchi, salvo il rispetto alle loro signorie.

Gli occhi di Noemi scintillarono di malizia.

– Spero che noi siamo più pulite! – disse, stringendogli il braccio.

– Sì, un vecchio e un giovane. Litigavano sempre: erano cattivi, invidiosi, gelosi, ma in fondo erano anche buoni. L'uomo è fatto così: buono e cattivo: eppoi si è sempre disgraziati. Anche i ricchi, spesso son disgraziati. Ah, ecco!

Ecco, la stretta della mano di Noemi gli ricordava la stretta di Giacinto, là nel cortiletto di Nuoro, e il segreto che impediva alla donna di accettare la domanda di don Predu.

– Don Predu, verbigrazia, – disse quasi involontariamente; indi aggiunse guardando la padrona giovane, – non è forse ricco e disgraziato?

Ma la padrona rideva di nuovo ed egli contro sua volontà s'irritò.

– Che c'è da ridere? Ebbene, non è forse disgraziato, don Predu? Finché lei, donna Noemi mia, non avrà pietà di lui... Eppure egli è buono.

Allora donna Ester si alzò, appoggiando la mano alla spalliera della panca e stette a guardarli severa.

– Ma che buono, – disse Noemi, senza più ridere. – È vecchio, adesso, e non può più beffarsi del prossimo: ecco tutto! Non parliamo di lui.

– Parliamone invece, – disse donna Ester con forza. – Efix, spiegami le tue parole.

– Che cosa devo spiegarle, donna Ester mia? Che don Predu vuole sposare donna Noemi?

– Ah, tu pure lo sai? Come lo sai?

– Sono stato io il primo paraninfo.

– Il primo e l'ultimo, – gridò Noemi buttando via il gatto come un gomitolo. – Basta; non voglio se ne parli più.

Ma Efix si ribellava.

– Ma perché io non gli ho mai portato la risposta, donna Noemi mia! Come potevo portargliela? Non osavo, e sono fuggito per questo.

Donna Ester tornò a sedersi accanto a lui, ed egli la sentì tremare tutta.

– Ah, Efix, – mormorava. – Egli aveva l'idea fin d'allora e tu non dicevi nulla? E tu sei fuggito? Ma perché? In verità mia, mi pare tutto un sogno. Io non ho saputo mai nulla: solo la gente veniva a dirmelo, solo gli estranei. E tu, sorella mia, e tu... e tu...

– Che dovevo dirti, Ester? Ha forse mai fatto la sua domanda, lui? Quando s'è mai spiegato? Manda regali, viene qualche volta, si mette a sedere, chiacchiera con te e a me quasi non rivolge la parola. L'ho mai cacciato via, io?

– Tu non lo cacci via ma fai peggio ancora. Tu ridi, quando egli viene; tu ti burli di lui.

– È giusto! Quel che si semina si raccoglie.

– Noemi, perché parli così? Sembri diventata matta, da qualche tempo in qua! Tu non ragioni più. Perché dici che egli si burla di te se ti ha mandato a dire che ti vuol bene?

– Egli me lo mandò a dire con un servo!

Donna Ester guardò Efix, ma Efix taceva, a testa bassa, come usava un tempo quando le sue padrone questionavano. Aspettava, d'altronde, certo che Noemi nonostante il suo disprezzo doveva tornare a lui per riprendere il discorso fra loro due soli.

– Efix, la senti come parla? Eppure io ti dico che non sei stato tu solo a dirglielo. Anche Giacinto...

Ma questo nome fece come un vuoto pauroso attorno; ed Efix vide Noemi balzare convulsa; livida di collera e d'odio.

– Ester! – disse con voce aspra. – Tu avevi giurato di non pronunziare più il suo nome.

E uscì, come soffocasse d'ira.

– Sì, – mormorò donna Ester, curvandosi all'orecchio di Efix. – Ella lo odia al punto che m'ha fatto giurare di non nominarlo più. Quando venne ultimamente per dirci che sposa Grixenda e per consigliare Noemi ad accettare Predu, ella lo cacciò via terribile come l'hai veduta adesso. Ed egli andò via piangendo. Ma dimmi, dimmi, Efix, – proseguì accorata, – non è una gran cattiva sorte la nostra? Giacinto che ci rovina e sposa quella pezzente, e Noemi che rifiuta invece la buona fortuna. Ma perché questo, Efix, dimmi, tu che hai girato il mondo: è da per tutto così? Perché la sorte ci stronca così, come canne?

– Sì, – egli disse allora, – siamo proprio come le canne al vento, donna Ester mia. Ecco perché! Siamo canne, e la sorte è il vento.

– Sì, va bene: ma perché questa sorte?

– E il vento, perché? Dio solo lo sa.

– Sia fatta allora la sua volontà, – ella disse chinando la testa sul petto: e vedendola così piegata, così vecchia e triste, Efix si sentì quasi un forte. E per confortarla pensò di ripeterle uno dei tanti racconti del cieco.

– Del resto è che non si è mai contenti. Lei sa la storia della Regina di Saba? Era bella e aveva un regno lontano, con tanti giardini di fichi e di melagrani e un palazzo tutto d'oro. Ebbene, sentì raccontare che il Re Salomone era più ricco di lei e perdette il sonno. L'invidia la rodeva; tanto che volle mettersi in viaggio, sebbene dovesse attraversare metà della terra, per andare a vedere...

Donna Ester si curvò un po' dall'altro lato e prese il libro in mezzo al quale aveva chiuso gli occhiali.

– Queste storie sono qui: è la Sacra Bibbia.

Efix guardò umiliato il libro e non continuò.

Rimasto solo si sdraiò sulla stuoia, ma nonostante la grande stanchezza non poté addormentarsi: aveva l'impressione che i ciechi fossero coricati lì accanto e che intorno e fuori nelle tenebre si stendesse un paese ignoto. Le sue padrone però stavano lì sulla panca, e lo guardavano, donna Ester vecchia e quasi supplichevole, donna Noemi ridente ma più terribile di quando era austera.

E, cosa strana, non sentiva più soggezione di donna Ester, non aveva più paura di donna Noemi; era davvero come il servo affrancatosi diventato ricco davanti ai suoi padroni, poveri.

– Io posso aiutarle, posso aiutarle ancora, anche se esse non lo vogliono... Domani...

Aspettava con ansia il domani: ecco perché non poteva dormire. Domani parlerà con Noemi; riprenderanno il discorso interrotto tanti mesi prima; ed egli forse potrà portare la buona risposta a don Predu.

Allora cominciò a pregare, piano piano, poi sempre più forte, finché gli parve di mettersi a cantare come facevano i pellegrini su alla Madonna del Miracolo.

Domani... Tutto andrà bene, domani; tutto sarà concluso, tutto sarà chiaro. Gli sembrava di capire finalmente perché Dio lo aveva spinto ad abbandonare la casa delle sue padrone e ad andarsene vagabondo: era per dar tempo a Giacinto di scender nella sua coscienza e a Noemi di guarire dal suo male.

«Se io davo subito la risposta a don Predu tutto era finito», pensava con un senso di sollievo; e sognava addormentandosi. Ecco un vago chiarore illumina la pianura intorno; è un anello bianco sopra un gran cerchio nero. È l'alba. I ciechi si alzano, intrecciano le loro dita, si curvano davanti a lui e lo costringono a sedere sulle loro mani ed a mettere le sue braccia intorno al loro collo: così lo sollevano, lo portano su, via, lontano, cantando, come fanno i bambini nei loro giochi.

Egli rideva: non era stato mai così felice. Ma in fondo, nella cucina scura, donna Ester e donna Noemi non si movevano dalla panca; ed ecco egli sentiva soggezione dell'una e paura dell'altra. Allora chiuse gli occhi e finse d'esser cieco anche lui. E andavano così tutti e tre, di qua e di là, su un terreno molle, cantando le laudi sacre dello Spirito Santo. Ma una mano afferrò per il di dietro il suo cappotto e fermò il gruppo. Egli si buttò giù, sussultando, aprì gli occhi e vide donna Noemi davanti a lui, col lume in mano.

– Dormivi già, Efix? Abbi pazienza; ma Ester mi disse che te ne saresti andato domani mattina presto e son tornata giù.

Egli balzò a sedere sulla stuoia, ai piedi di lei ritta, ferma, grande col lume in mano. Un cerchio d'ombra con un anello di luce intorno, come egli aveva sognato, li circondava.

– E poi io volevo parlarti da solo, Efix. Ester non capisce certe cose. E tu hai fatto male a chiacchierare con lei: anche tu non capisci.

Egli taceva. Capiva, sì, ma doveva tacere e fingere come uno schiavo.

– Tu non capisci e perciò parli troppo, Efix! Se tu quel giorno avessi riferito solo l'ambasciata, senza darmi dei consigli, sarebbe stato meglio. Invece abbiamo detto molte cose inutili; adesso voglio sapere solamente se è vero che tu, proprio, non hai riferito nulla a Predu del nostro discorso.

– Nulla, donna Noemi mia!

– Un'altra cosa ti voglio domandare, Efix; ma mi devi rispondere il vero. Tu... – esitò un momento, poi alzò la voce, – tu hai parlato di questo fatto con Giacinto? Dimmi il vero.

– No; – mentì egli con voce ferma: – le giuro, io non ne

ho parlato.

– Tu allora credi che sia stato Predu a dirglielo?

– Io credo così, donna Noemi mia.

– Un'altra cosa. Dimmi, perché sei andato via?

– Non lo so; pensavo appunto a questo, addormentandomi. Pensavo fosse stato il Signore a farmi andar via. Avevo paura e vergogna di presentarmi a don Predu con quella risposta. Sì, donna Noemi, perché don Predu mi aveva preso al suo servizio solo per questo, io lo capisco: egli voleva bene a lei e voleva che fossi io l'intermediario. Allora, quando lei disse di no, di no, sono scappato...

Noemi si mise a ridere: ma un riso lieve, ben diverso dal cattivo riso di prima. Era compassione per Efix, compassione per don Predu, ma anche soddisfazione e dolcezza: mai, mai Efix l'aveva sentita ridere così. Eppure egli ricordava quel riso, quel volto curvo su lui, quell'ombra e quella luce tremula intorno: e il cuore gli batteva, gli batteva, da spezzarsi.

Lia com'era nella notte della fuga gli stava davanti.

– Un'altra cosa ancora e poi basta. Senti, tu credi Giacinto sposi davvero Grixenda?

– Sì, è una cosa certa.

– Quando si sposano?

– Prima di Natale.

Ella abbassò il lume, come per vedere bene il viso di lui: e così illuminò bene il suo. Com'era pallida, e come il suo viso era giovane e vecchio nello stesso tempo!

L'orgoglio, la passione, il desiderio di spezzare la sua vecchia vita miserabile, e coi frantumi ricostruirsene un'altra, nuova e forte, le ardevano negli occhi.

– Sentimi, Efix, – disse ritraendo il lume, – ebbene, tu dirai a Predu che lo voglio. Ma che dobbiamo sposarci subito, prima di quei due.

CAPITOLO XVII

Efix era di nuovo laggiù, al poderetto. Terminata la buona stagione, raccolte le frutta, Zuannantoni, a cui il padrone aveva dato l'incarico di pascolare un branco di pecore nelle giuncaie intorno al paesetto, se n'era andato di buon grado.

Ed ecco dunque Efix di nuovo seduto al solito posto davanti alla capanna, sotto il ciglione glauco di canne. Il cielo è rosso, in alto sopra la collina bianca; passa il vento e le canne tremano e bisbigliano.

– Efix rammenti, Efix rammenti? Sei andato, sei tornato, sei di nuovo in mezzo a noi come uno della nostra famiglia. Chi si piega e chi si spezza, chi resiste oggi ma si piegherà domani e posdomani si spezzerà. Efix rammenti, Efix rammenti?

Egli intrecciava una stuoia e pregava. Di tanto in tanto un acuto dolore al fianco lo faceva balzare dritto, rigido come se qualcuno gli infilasse un palo di ferro nelle reni; si ripiegava di nuovo su sé stesso, livido e tremante, proprio come una canna al vento; ma dopo lo spasimo provava una gran debolezza, una grave dolcezza, perché sperava di morire presto. La sua giornata era finita.

Finché poté resistere rimase laggiù accanto alla terra che aveva succhiato tutta la sua forza e tutte le sue lagrime.

L'autunno s'inoltrava coi giorni dolci di ottobre, coi primi freddi di novembre; le montagne davanti e in fondo alla valle parevano vulcani; nuvole di fumo solcate da pallide fiamme e poi getti di lava azzurrognola e colonne di fuoco salivano laggiù dal mare.

Verso sera il cielo si schiariva, tutto l'argento delle miniere del mondo s'ammucchiava a blocchi, a cataste sull'orizzonte; operai invisibili lo lavoravano, costruivano case, edifizi, intere città, e subito dopo le distruggevano e rovine e rovine biancheggiavano allora nel crepuscolo, coperte di erbe dorate, di cespugli rosei; passavano torme di cavalli grigi e neri, un punto giallo brillava dietro un castello smantellato e pareva il fuoco di un eremita o di un bandito rifugiatosi lassù: era la luna che spuntava.

Piano piano la sua luce illuminava tutto il paesaggio misterioso e come al tocco di un dito magico tutto spariva; un lago azzurro inondava l'orizzonte, la notte d'autunno limpida e fredda, con grandi stelle nel cielo e fuochi lontani sulla terra, stendevasi dai monti al mare. Nel silenzio il torrente palpitava come il sangue della valle addormentata. Ed Efix sentiva avvicinarsi la morte, piano piano, come salisse tacita dal sentiero accompagnata da un corteggio di spiriti erranti, dal batter dei panni delle *panas* giù al fiume, dal lieve svolazzare delle anime innocenti tramutate in foglie, in fiori...

Una notte stava assopito nella capanna quando si svegliò di soprassalto come se qualcuno lo scuotesse.

Gli parve che un essere misterioso gli piombasse sopra, frugandogli le viscere con un coltello: e che tutto il sangue gli sgorgasse dal corpo lacerato, inondando la stuoia, bagnandogli i capelli, il viso, le mani.

Cominciò a gridare come se lo uccidessero davvero, ma nella notte solo il mormorio dell'acqua rispondeva.

Allora ebbe paura e pensò di tornarsene in paese; ma per lunga ora della notte non poté muoversi, debole, come dissanguato: un sudore mortale gli bagnava tutta la persona.

All'alba si mosse. Addio, questa volta partiva davvero e

mise tutto in ordine dentro la capanna: gli arnesi agricoli in fondo, la stuoia arrotolata accanto, la pentola capovolta sull'asse, il fascio di giunchi nell'angolo, il focolare scopato: tutto in ordine, come il buon servo che se ne va e tiene al giudizio favorevole di chi deve sostituirlo.

Portò via la bisaccia, colse un gelsomino dalla siepe e si volse in giro a guardare: e tutta la valle gli parve bianca e dolce come il gelsomino.

E tutto era silenzio: i fantasmi s'erano ritirati dietro il velo dell'alba e anche l'acqua mormorava più lieve come per lasciar meglio risonare il passo di Efix giù per il sentiero; solo le foglie delle canne si movevano sopra il ciglione, dritte rigide come spade che s'arrotavano sul metallo del cielo.

– Efix, addio, Efix addio.

Ritornò dalle sue padrone e si coricò sulla stuoia.

– Hai fatto bene a venir qui, – disse donna Ester coprendolo con un panno; e Noemi si curvò anche lei, gli tastò il polso, gli afferrò il braccio cercando di convincerlo a mettersi a letto.

– Mi lasci qui, donna Noemi mia, – egli gemeva sorridendo ma con gli occhi vaghi come quelli del cieco, coperti già dal velo della morte. – Questo è il mio posto.

Più tardi un nuovo accesso del male lo contorse, lo annerì; e mentre le padrone mandavano a chiamare il dottore egli cominciò a delirare.

La cucina si empiva di fantasmi, e l'essere terribile che non cessava di colpirlo gli gridò all'orecchio:

– Confessati! Confessati!

Anche donna Ester si inginocchiò davanti alla stuoia mormorando:

– Efix, anima mia, vuoi che chiamiamo prete Paskale? Ti

leggerà il Vangelo e questo ti solleverà...

Ma Efix la guardava fisso, con gli occhi vitrei nel viso nero brillante di gocce di sudore; il terrore della fine lo soffocava, aveva paura che l'anima gli sfuggisse d'improvviso dal corpo, come era fuggito lui dalla casa dei suoi padroni, e scacciata dal mondo dei giusti si mettesse a vagabondare inquieta e dannata coi fantasmi della valle; eppure rispose di no, di no. Non voleva il prete: più che della morte e della sua dannazione aveva paura di rivelare il suo segreto.

Ed ecco don Predu che arriva, siede accanto alla stuoia e comincia a scherzare. È allegro, don Predu; s'è ingrassato di nuovo e la catena d'oro non pende più tanto sul suo panciotto nero.

– Perché sei tornato qui, babbeo? Se venivi a casa mia ci stavi male? Sei come il gatto che ritorna anche se portato via dentro il sacco. Su, andiamo; ti metterò nel letto di Stefana.

Anche Noemi, curva con una scodella fumante in mano, mentre gli asciuga il sudore dal viso, cerca di imitare il suo grosso fidanzato.

– Su bevi; che vuoi morire scapolo?

– Dunque, – disse Efix sollevando il capo ma rifiutando il brodo, – ce ne andiamo...

– Ma cosa dici? Vuoi andare di nuovo? Che girellone...

– Oh, uomo, che fai? Andiamo su da Stefana che t'ha serbato una melagrana... Su, ragazzo!

Ma Efix rimise la testa giù e chiuse gli occhi, non perché offeso dagli scherzi dei suoi padroni ma perché si sentiva tanto lontano da loro, da tutti. Lontano, sempre più lontano, ma con un peso addosso, con un traino che non gli permetteva di andare avanti, di tornare indietro. Era peggio di quando si portava appresso i ciechi.

Finalmente arrivò il dottore: lo palpò tutto, gli batté le

nocche delle dita sul ventre duro come un tamburo, lo voltò, lo rivoltò, gli buttò addosso il panno come su un pane che fermenta.

– È il fegato che fa un brutto scherzo. Bisogna andare a letto, Efix.

Il malato sollevò l'indice, accennando di no.

– Tanto devo morire: mi lasci morire da servo.

– Davanti a Dio non ci sono né servi né padroni, – disse donna Ester; e don Predu si curvò e tentò di sollevarlo fra le sue braccia.

– Zitto, babbèo. Zitto!

Ma Efix si mise a gemere, scuotendosi debolmente come un uccello ferito che tenta ancora di volare.

– Voi volete farmi morire prima dell'ora...

Allora il dottore fece un cenno con la mano e con la testa sollevando gli occhi al cielo, e don Predu rimise giù il malato, lo ricoprì, non scherzò più.

Così lo lasciarono. E le ore e i giorni passavano, ed Efix nel delirio sognava di camminare, camminare coi ciechi, attraverso le valli e le tancas dell'altipiano, e sognava le feste, i soldi che cadevano davanti a lui, le donne pietose, i bei giovani sui cavalli balzani che correvano sulla costa del Monte e da lontano gli lanciavano monete e parole mordenti.

Ma alte pareti affumicate, con chiazze rosse di rame, con una panca in fondo, circondavano sempre l'orizzonte: al di là non si andava, mentre egli aveva bisogno di andare al di là, per liberarsi del suo peso, per guarire del suo dolore.

Due volte Noemi lo trovò alzato che tentava di uscire fuori del cortile. Levarono la chiave dal portone.

Donna Ester si curvava su lui, gli accomodava il guanciale, la coperta addosso, gli tastava il polso.

– Efix, il Rettore verrà a visitarti.

Egli sollevava l'indice, accennando di no, a occhi chiusi.

Nei primi giorni qualcuno domandò di visitarlo; ma Noemi apriva appena il portone e mandava via tutti. Egli, dentro, sentiva. E che la gente si ricordasse di lui, così lontano, così al limite del mondo, lo sorprendeva e lo turbava.

– Chi era che mi cercava poco fa? – domandò una mattina a donna Ester.

– Sarà stato Zuannantoni.

– Se torna, donna Ester mia, di grazia, lo lasci entrare... È bene cominciare a congedarsi...

– Che dici, Efix! Perché questa idea fissa? Perché non vuoi che venga il Rettore? Ti reciterebbe il Vangelo e non avresti più paura di morire...

Egli non rispose. No, non lo ingannavano: ma l'ora non era ancor giunta, ed egli si aggrappava alla vita solo perché aveva paura di deporre il suo peso in casa delle sue padrone.

Intorno a lui la vita prendeva un aspetto nuovo: un'onda di gioia pareva invadere la casa quando arrivava don Predu, ed erano timide risate di donna Ester, discussioni dei fidanzati, progetti, chiacchiere, improvvisi silenzi per rispetto al malato.

Allora egli si sentiva d'ingombro e desiderava andarsene.

Una mattina donna Ester, che dormiva nella camera terrena per vegliarlo, s'alzò presto, rimise tutto bene in ordine parlando sottovoce fra sé, e curvandosi per fargli bere una tazzina di latte, disse:

– Su, Efix, allegro! Oggi Predu fisserà il giorno delle nozze. Sei contento?

Egli accennò di sì; poi si coprì la testa col panno e là sotto gli pareva d'essere già morto, ma di gioire lo stesso per la buona fortuna delle sue padrone.

Anche Noemi s'alzò presto; discuteva con la sorella e diceva con fierezza:

– Perché il giorno deve fissarlo lui e non io? Io non sono una paesana per seguire l'uso comune.

– Che impazienza ti è presa? Le pubblicazioni sono fatte: oggi si parlerà del resto.

Noemi era agitata ed Efix la sentiva andare e venire per la casa, con passo lieve ma inquieto; finalmente ella sedette accanto all'uscio a cucire silenziosa, e quando arrivò don Predu scostò la sedia, tirando in là la tela per lasciarlo passare, ma sollevò appena il viso per guardarlo e rispose con un lieve cenno del capo al saluto di lui. Ed ecco subito donna Ester scese giù le scale annodandosi il fazzoletto, pronta a servire da interprete ai due fidanzati fra i quali spesso nascevano malintesi, perché Noemi si offendeva di tutto e capiva tutto alla rovescia nonostante la buona volontà di don Predu.

Dapprima, appena entrato, egli s'avvicinò ad Efix e lo guardò dall'alto.

– Come va? Bene, mi pare. Alziamoci, su!

Efix sollevò gli occhi infossati indifferenti, e poiché don Predu si chinava a toccarlo, tese la mano come per respingere il corpo poderoso che sfiorava il suo in dissoluzione.

– Vada, vada...

E don Predu andò a sedersi accanto alla fidanzata.

– Come andiamo d'umore, oggi?

– Lascia, Predu, non tirar la tela, mi fai pungere...

– È questo che voglio!

– Predu, lasciami; sei come un ragazzetto!

– Colpa tua che hai fatto la malìa per farmi rimbambire...

– Predu! Smettila!

– Sai cosa dice quella filosofessa di Stefana? Dice che adesso tu hai fatto la malìa al rovescio: prima per farmi dimagrire, adesso per farmi ingrassare...

– Tu scherzi, Predu; ma le tue serve hanno la lingua lunga.

– Ma è una cosa evidente, che ingrasso. Non c'è che un mezzo per rompere la malìa...

Donna Ester s'appoggiò alla sedia di Noemi e guardò il cugino senza parlare, aspettando. Egli infatti sollevò il viso verso di lei, si batté le mani sulle ginocchia e disse:

– Ebbene, quando vogliamo romperla, questa catena?

– Spetta a te, Predu, decidere.

Noemi cuciva: sollevò anche lei il viso, gli occhi le brillarono, ma tosto li riabbassò e non disse parola.

– Ester, io direi prima dell'Avvento.

– Bene: prima dell'Avvento.

– Ti pare che sia tutto pronto, verso la metà del mese?

– Sarà tutto pronto, Predu.

– E va bene.

Silenzio: Noemi cuciva, donna Ester la guardava di sopra la spalla. Finalmente don Predu domandò quasi timido:

– E tu cosa dici?

– Di che cosa parlate?

– Noemi! – protestò donna Ester; ma il fidanzato le accennò di tacere e ricominciò a tirar la tela dalle ginocchia della fidanzata.

– Della malìa, parliamo! Di disfarla prima che io ingrassi troppo. Come disfarla, dici tu? Così, ecco così! Alla salute di chi ci vede.

E fra il ridere un poco forzato di donna Ester e le proteste di Noemi, che egli teneva ferma per le spalle, si udì lo scoccare forte di un bacio.

«Come sono contento! Adesso posso morire» pensava Efix sotto il panno; ma aveva come l'impressione di non potersene andare, di non poter uscire da quel cerchio di muri che lo serrava.

Don Predu rimase tutto il giorno lì, invitato a pranzo dalle cugine: parlava, rideva, si beffava nuovamente del prossimo; ogni tanto però taceva, anche perché Noemi pareva curarsi poco di lui. Un silenzio grave circondava allora Efix, ed egli capiva d'esser d'ingombro, di dar peso e soggezione alle donne e allo stesso don Predu.

Bisognava *andarsene*, lasciare liberi i fidanzati di amarsi e scherzare senza quell'immagine della morte davanti a loro.

E d'un tratto, lì sotto al buio, sotto il panno, gli parve di capire perché non poteva andarsene. Era qualcosa che lo tratteneva ancora nella casa dei padroni, come un conto non aggiustato, che bisognava aggiustare.

E quando donna Ester si chinò su lui, credendolo addormentato e sollevò lievemente il lembo del panno, lo vide con gli occhi spalancati, col viso rosso, le labbra tremanti.

– Ebbene, Efix, che hai?

Egli le accennò con le palpebre di accostarsi di più, le mormorò sul viso con un filo di voce:

– Donna Ester mia, di grazia, se vuole mi chiami prete Paskale.

Dopo la confessione non parlò più, non si lamentò più. Stava col capo coperto, ma donna Ester ogni volta che sollevava il panno vedeva il povero viso sempre più piccolo, violaceo, raggrinzito come una prugna secca. Una sera egli aprì gli occhi fissandola con quel suo sguardo di spavento che le destava tanta pietà, e mormorò senza più voce:

– È lunga, donna Ester mia! Abbiano pazienza.

– Che cosa è lunga, Efix?

– La strada... Non s'arriva mai!

Gli sembrava infatti di camminare sempre. Saliva un monte, attraversava una tanca; ma arrivato al confine di questa ecco

un altro monte, un'altra pianura; e in fondo il mare. Adesso
però camminava tranquillo, e solo gli dispiaceva di non arrivar
mai per sgombrare del suo corpo la casa delle sue padrone: ma
un giorno, o una notte – non capiva più che tempo era – gli
parve d'esser giunto al muricciuolo del poderetto, su in alto sul
ciglione delle canne, e di sdraiarsi pesantemente sulle pietre.
Le canne frusciavano, piegandosi fino a lui per toccarlo, per
lambirlo con le foglie che avevano qualche cosa di vivo, come
dita, come lingue. E gli parlavano, e una gli pungeva l'orecchio perché sentisse meglio: era un mormorio misterioso che
ripeteva il sussurro dei fantasmi della valle, la voce del fiume,
il salmodiare dei pellegrini, il palpito del Molino, il gemito
della fisarmonica di Zuannantoni. Egli ascoltava, aggrappato
bocconi al muricciuolo e da una parte vedeva la cucina delle
sue padrone, dall'altra una distesa nebbiosa come lassù dal
Monte Gonare.

Donna Ester saliva dalla valle col viso coperto da un'ala
nera; sollevava l'ala, mostrava il suo viso scuro, doloroso, gli
occhi velati di pietà, ma si traeva indietro dal muricciuolo
come per paura di cadere; ed ecco altre figure salivano, tutte
col viso nascosto da un'ala nera, e tutte si avvicinavano ma si
ritraevano subito spaurite, spaventate dal pericolo di precipitare al di là.

Efix le riconosceva tutte, queste figure, le sentiva parlare,
capiva che erano vive e reali; eppure aveva l'impressione di
sognare: erano figure del sogno della vita.

Era il prete, era il Milese, era Zuannantoni, erano le serve
di don Predu, e don Predu stesso e Noemi: a volte qualcuno
di loro si faceva coraggio e cercava di aiutarlo, di trarlo giù dal
muricciuolo, senza riuscirvi.

Ed egli cominciò a provare fastidio di loro; volse il viso
di là e fissò la valle nebbiosa. Ed ecco la nebbia cominciò a

diradarsi; macchie di boschi dorati apparvero fra squarci di azzurro, e sul ciglione sopra di lui un melagrano come quelli di cui raccontava il cieco curvò i suoi rami pesanti di frutti rossi spaccati che lasciavano cadere i loro chicchi di perla.

Ma la gente al di là del muricciuolo non lo lasciava in pace a contemplare tanto bene; egli non si volgeva più, e solo un giorno una mano che si posava sulla sua spalla e una voce che lo chiamava piano piano all'orecchio lo fecero sobbalzare. – Efix! Efix!

Il viso di Giacinto, gli occhi dolci umidi di pietà stavano sopra di lui: fra tante figure morte quella gli parve ancora la sola viva, tanto viva che le sue mani calde avevano quasi la potenza di tirarlo su, rimetterlo dritto nel mondo di qua.

Ma fu un momento: ecco che si velava anch'essa, perdeva forza, ritornava fantasma; ed Efix provò dolore, come fosse Giacinto a morire, non lui.

– Efix, su, su! Che fai? Non mi dici niente? Sono venuto per te, sai. Sono qui. Non volevano lasciarmi entrare ed ho saltato il muro. Su, guardami!

Egli lo guardava, ma non ne vedeva più gli occhi.

– Zia Noemi è scappata come di volo, vedendomi! Proprio non mi perdonerà mai! Che cosa ti ha raccontato, dimmi? Che non vuol più vedermi, che ha giurato di non pronunziare più il mio nome? Lo so: ma non importa. Son contento che si sposi; sai cos'era accaduto, l'ultima volta che venni? Io le dicevo: – Sposatevi, zia Noemi; zio Pietro è ricco, vi ama, vi renderà felice. – Essa mi guardava con disprezzo, ed io capivo bene che non si sarebbe decisa mai. Allora Efix, senti – parliamo piano, non stia ad ascoltare – ebbene, ricordai il tuo consiglio. La guardai bene negli occhi e le dissi: – Zia Noemi, io sposerò Grixenda, perché solo Grixenda, povera come me, giovane e sola come me, può essere la mia compagna. Allora

Noemi si fece pallida come una morta; ebbi paura e me ne andai. Piangevo; te lo disse? Su, Efix, tu non mi ascolti. Su! Ecco zia Ester. Non è vero, zia Ester, che Efix finge d'esser malato per non venire alle nozze mie ed a quelle di zia Noemi, per non farci il regalo? Eppure, dicono, denari ne hai portati, dal tuo viaggio...

Efix sentiva le parole e le capiva anche, ma erano senza suono, come parole scritte.

— Su, dimmi almeno cos'hai. Non mi racconti neppure dove sei stato. Rammenti quando sei venuto al Molino e ti chiesi dove andavi? E tu rispondesti: in un bel posto. Non rammenti? Apri gli occhi, guardami. Dove andavi?...

Efix ricominciò a provare fastidio: aprì un momento gli occhi, li richiuse, gravi già del sonno della morte. E le parole di Giacinto si confondevano, di là del muricciuolo col fruscìo delle canne, col ronzìo del vento che passa.

Eppure a un tratto parve sollevarsi e rivivere. Durante la sera un accesso violento del male lo aveva pestato come sale nel mortaio: era diventato sordo e muto dal dolore, ma aveva veduto don Predu guardare Noemi con un gesto di contrarietà. Perché le nozze erano fissate per l'indomani, e s'egli moriva portava il malaugurio agli sposi o li costringeva a rimandare a un altro giorno la cerimonia nuziale. Allora in fondo alle tenebre che già lo avvolgevano brillò come una lampada lontana: la volontà di combattere la morte.

Si scoprì il viso e parlò.

— Donna Ester, sto meglio. Mi dia da bere.

Accorsero tutt'e due le padrone e Noemi stessa gli sollevò la testa e gli diede da bere.

— Bravo, Efix! Così va bene. Sai cosa succede, oggi?

Egli accennò di sì, bevendo.

— Sei contento, vero, Efix? Quanto ci hai pensato, a questo

giorno? Ti parrà un sogno.

Egli accennava di sì, di sì: tutto era stato, tutto era un sogno.

Poi lo lasciarono solo, perché Noemi doveva vestirsi; ed egli sollevò la testa e si guardò attorno ma come di nascosto, continuando a far cenni di approvazione. Tutto andava bene; la festa nuziale si svolgeva in casa dello sposo, e qui nulla turbava l'antica pace. Per un'attenzione di Noemi verso il malato neppure la cucina era stata ripulita, come si usa per le nozze; la casa e il cortile erano silenziosi, il gatto stava immobile sulla panca, nero con gli occhi verdi come l'idolo della solitudine; nel silenzio si udiva il legno corroso del balcone scricchiolare e sollevando un poco di più la testa Efix rivide un'ultima volta il muro rovinato e l'erba e i fiori d'ossa dell'antico cimitero.

Ma d'improvviso una figura apparve sulla porta; alta, sottile, vestita d'uno stretto abito granato a fiori neri, aveva una ghirlanda di rose sul capo, e qua e là sul viso, sulla persona, sui piedi, qualche cosa che scintillava: gli occhi, i gioielli, le scarpette...

Egli spalancò gli occhi e riconobbe Noemi; ma dietro di lei, accomodandole le rose del cappello e le pieghe del vestito, donna Ester con le ali nere dello scialle rigettate sugli omeri gli parve l'ombra della sposa.

– Sto bene, vero? – domandò Noemi ritta davanti a lui, accomodandosi i risvolti delle maniche. – Non ti pare stretto, questo vestito? Si usa così. E guarda com'è bello, questo: è il regalo di Predu.

Si chinò nonostante il vestito stretto e gli fece vedere il rosario di madreperla con una grande croce d'oro.

– Vedi? Era la croce di un vescovo antico: era della nonna di Predu, ch'era poi anche la nostra. Così rimane in famiglia.

È bella, vero? Guarda il Cristo, pare che sorrida, mentre gli calano giù le lagrime e il sangue... E dietro, guarda...

Efix guardava silenzioso, immobile, con le mani nere e secche aggrappate all'orlo del panno; e pareva affacciarsi, già cadavere, dal mondo di là per contemplare un'ultima volta la felicità della sua padrona. Ma ella disse, chinandosi ancora di più, con le ginocchia piegate, in modo che gli sfiorava il viso col suo viso:

— Vedi che regalo, Efix!

Ed era pallida, nel suo vestito granato, con gli occhi cattivi pieni di lagrime.

Ma Efix non ne provò dolore.

— Siamo nati per soffrire come Lui; bisogna piangere e tacere... — disse con un soffio.

E questo fu il suo augurio.

Da quel momento non parlò più. Gli pareva di tenersi aggrappato all'orlo del panno per non cadere di là; e di vedere dall'alto del muricciuolo lo spettacolo del mondo.

Ed ecco don Predu e i parenti arrivano per portar via la sposa: entrano, si dispongono intorno nella cucina come le figure di un sogno, confusamente, ma con rilievi strani di particolari.

Don Predu è vestito di nero, un abito nuovo attillato che lo costringe a respirar forte, ma Efix non ne distingue il viso, mentre vede la bocca sarcastica del Milese, lunga, stretta, come piena di riso represso, e il ventre gonfio d'una parente delle dame, quella che deve accompagnare la sposa, e due ceri con due nastri color rosa sostenuti da due manine pallide.

E tutti sono serii come venuti a prendere lui, morto, non la padrona sposa, e camminano piano per non dargli noia.

Donna Ester, con lo scialle sciolto un po' svolazzante sulle spalle, dispone il corteo: prima i bambini coi ceri alti in mano; poi la sposa con la parente; poi lo sposo coi parenti; in coda i pochi invitati; il Milese in ultimo pareva ridersi di tutti silenziosamente.

«Adesso mi lasciano solo,» pensa Efix con un poco di amarezza. «Solo. E son io che ho fatto tutto!»

Sulla porta Noemi si volse a fargli un cenno di addio con la croce d'oro. Addio. Ed egli, come già per Giacinto, ebbe l'impressione che fosse lei a morire.

Uscivano tutti, se ne andavano: donna Ester si curvò su lui, parve coprirlo con le sue ali nere.

– Torno presto, io, appena li avrò accompagnati: bisogna che vada; sta quieto, fermo fermo.

Sì, egli stava fermo al suo posto; fermo e solo. S'udiva la fisarmonica che Zuannantoni suonava in onore degli sposi, ed egli ricominciò a ricordare tante cose: il rumore del Molino, su a Nuoro, le nuvole sopra Monte Gonare, il fruscìo delle canne sul ciglione...

– Efix, rammenti? Efix, rammenti?

Com'era diventata grande la cucina! Scura e tiepida, coi muri lontani, con sfondi misteriosi come una tanca di notte. L'usignuolo cantava, il cieco raccontava la storia del palazzo d'oro del Re Salomone.

«...tutto era d'oro, come nel mondo della verità; tutto era puro, lucente. Melagrane d'oro, vasi d'oro, stuoie d'oro...»

Ed egli vedeva la casa di don Predu, coi melagrani carichi di frutta, i palmizi, le stuoie coperte di grappoli d'uva e di zucche d'oro.

– Noemi starà bene... là... mangerà bene, ingrasserà, darà i denari a donna Ester per accomodare qui il balcone. Starà bene... Sarà come la Regina Saba. Ma anche lei, la Regina Saba non era contenta... Anche Noemi si stancherà della sua croce d'oro e vorrà andare lontano, come Lia, come la Regina Saba, come tutti...

Ma questo non gli destava più meraviglia; andare lontano, bisognava andare lontano, nelle altre terre, dove ci sono cose più grandi delle nostre.

Ed egli andava.

Chiuse gli occhi e si tirò il panno sulla testa. Ed ecco si trovò di nuovo sul muricciuolo del poderetto: le canne mormoravano, Lia e Giacinto stavano seduti silenziosi davanti alla capanna e guardavano verso il mare.

Gli parve di addormentarsi. Ma d'improvviso sussultò, ebbe come l'impressione di precipitare dal muricciuolo.

Era caduto di là, nella valle della morte.

Donna Ester lo trovò così, quieto, immobile sotto il panno: fermo fermo.

Lo scosse, lo chiamò, e accorgendosi ch'era morto e che lo avevano lasciato morire solo, si mise a piangere forte, con un gemito rauco che la spaventò. Cercò di calmarsi, ma non poteva; era come un'anima che piangeva entro di lei contro sua volontà: allora andò e chiuse il portone perché qualcuno non la sorprendesse a disperarsi così sul servo morto e la gente non s'accorgesse che l'avevano lasciato morire solo, mentre per la famiglia era un gran giorno di festa.

In attesa che le ore passassero rimosse il cadavere, secco e leggero come quello d'un bambino, lo lavò, lo rivestì, parlandogli sottovoce, fra una preghiera e l'altra per raccontargli come s'era svolta la cerimonia nuziale, come Noemi piangeva entrando nella sua ricca nuova dimora – piangeva tanto era felice, s'intende – come la casa era piena di regali, come la gente buttava grano e fiori fin dentro il cortile degli sposi, per augurar loro buona fortuna, come tutti insomma erano contenti.

– E tu hai fatto questo... di andartene così, di nascosto... senza dir nulla... come l'altra volta... Ah, Efix, questo non lo dovevi fare... oggi, proprio oggi!...

Egli pareva ascoltasse, con gli occhi vitrei socchiusi, tranquillo ma deciso a non rispondere da buon servo rispettoso.

Donna Ester, ricordandosi che gli piacevano i fiori, spiccò un geranio dal pozzo e glielo mise fra le dita sul crocefisso: in ultimo ricoprì il cadavere con un tappeto di seta verde che avevano tirato fuori per le nozze. Ma il tappeto era corto, e i piedi rimasero scoperti, rivolti come d'uso alla porta; e pareva che il servo dormisse un'ultima volta nella nobile casa riposandosi prima d'intraprendere il viaggio verso l'eternità.

Milton Keynes UK
Ingram Content Group UK Ltd.
UKHW042004160524
442778UK00001B/8

9 791037 800848